NOTICE HISTORIQUE

SUR LA VIE ET LES OUVRAGES

DE TURGOT

PAR

M. EUGÈNE DAIRE.

———

Tirée de la nouvelle édition des Œuvres de Turgot.
(Collection des principaux Économistes.)

PARIS

GUILLAUMIN, LIBRAIRE,

Éditeur du *Dictionnaire du Commerce et des Marchandises*, du *Journal des Économistes*,
et de la *Collection des principaux économistes*.
Rue Saint-Marc, 10, Galerie de la Bourse, 5.

—

1844

IMPRIMERIE DE HENNUYER ET TURPIN, RUE LEMERCIER, 24. BATIGNOLLES.

NOTICE HISTORIQUE

SUR LA VIE ET LES OUVRAGES

DE TURGOT.

Anne-Robert-Jacques Turgot, baron de l'Aulne, ministre d'État, membre honoraire de l'Académie des inscriptions et belles-lettres, et le plus jeune des trois fils de Michel-Étienne Turgot, prévôt des marchands sous Louis XV, naquit à Paris le 10 mai 1727. Sa famille, passée en Normandie du temps des croisades, est regardée comme une branche de celle qui porte le même nom en Écosse. Et l'origine de cette dernière se perdrait dans la nuit des temps, s'il faut en croire les biographes, car ils lui assignent pour auteur Togut, prince danois, qui vivait mille ans avant l'ère chrétienne, et comptent encore au nombre de ses membres saint Turgot, abbé du monastère de Dunelm, l'un des hommes les plus distingués de son époque, et premier ministre du roi d'Écosse, Malcolm III.

Quoi qu'il en soit de cette généalogie, sur laquelle ne repose pas la gloire de Turgot, il est certain qu'un sang antique et respectable coulait dans ses veines. C'est par l'un de ses ancêtres que fut fondé l'hôpital de Condé-sur-Noireau, en 1281. On voit son trisaïeul siéger, comme président de la noblesse de Normandie, aux États-Généraux de 1614, et y attaquer, avec une courageuse éloquence, la concession abusive que le gouvernement venait de faire, au comte de Soissons, de toutes les terres vaines et vagues de la province. Son aïeul, ayant préféré la carrière de la magistrature à celle des armes, devint successivement intendant de la généralité de Metz et de celle de Tours, à la fin du dix-septième siècle. Dans ces fonctions, que la puissance des intérêts privilégiés rendait alors si difficiles à remplir, il se distingua par une intégrité sévère, l'amour du bien public, la fermeté et la modération, indispensables pour le faire prévaloir. Enfin, Michel-Étienne, son fils, et père de l'homme d'État auquel vont être consacrées ces pages, est l'un des administrateurs municipaux dont la ville de Paris doit le plus honorer la mémoire.

Président en la seconde Chambre des requêtes du Palais, le père de Turgot fut nommé prévôt des marchands de la capitale en 1729. Les vertus et les talents qu'il montra dans cette magistrature l'y firent continuer pendant onze années consécutives, c'est-à-dire beaucoup plus longtemps qu'aucun de ses prédécesseurs. Joignant le goût du beau à celui de l'utile, il savait mener de front l'ordre, l'économie et la magnificence. Aussi, pendant que les uns louaient l'élégante somptuosité des fêtes qu'il donnait au nom de la ville, les autres célébraient, avec plus de raison encore, les soins qu'il prenait pour l'assainir et l'embellir, et la sollicitude qu'il déployait, dans les temps de disette, pour assurer la subsistance des classes pauvres. Paris doit à Michel-Étienne Turgot cet immense égout qui embrasse toute la partie de la ville située sur la rive droite de la Seine, et qui, d'après l'opinion des gens de l'art, est un ouvrage comparable à ceux des Romains. C'est sous son administration que le quai de l'Horloge, auparavant étroit et dangereux, fut rendu plus large et plus commode, prolongé jusqu'à l'extrémité de l'île du Palais, et uni par un beau pont de pierre à la rive opposée du fleuve. La belle fontaine de la rue de Grenelle-St-Germain, construite sous la direction et d'après les dessins de Bouchardon, est un autre monument de son édilité. Le père de Turgot prouva, dans la circonstance suivante, que le courage était chez lui au niveau de la sagesse et des lumières. L'on voyait un jour, par suite de ces animosités si fréquentes entre les corps militaires, surtout quand ils n'appartiennent pas à la même nation, les gardes-françaises et les gardes-suisses s'entr'égorger sur le quai de l'École. Prévenu de cette collision sanglante, le prévôt des marchands accourt à l'instant même : aux yeux du peuple stupéfait, il se jette seul dans la mêlée, désarme un des plus furieux assaillants, contient tous les autres par ses paroles, et a le bonheur de voir cet acte d'é— nergie mettre un terme au carnage.

Turgot, comme le plus jeune des trois fils de cet homme de bien, devait naturellement, d'après les usages de l'époque, être destiné à l'état ecclésiastique. On le fit entrer d'abord, en qualité de pensionnaire, au collége de Louis-le-Grand. Après y avoir achevé ses études jusqu'à la rhétorique, il suivit les classes supérieures au collége du Plessis. De ce collége, il passa au séminaire de Saint-Sulpice, et du séminaire, avec le grade de bachelier en théologie, dans la maison de Sorbonne, pour y acquérir la licence.

Ces premières années de la vie de Turgot, qui finirent lorsque s'ouvrait la seconde moitié du dix-huitième siècle, méritent d'autant plus de fixer les regards, qu'il jouit, comme beaucoup d'autres hommes célèbres, de l'heureux privilége de passer sans transition de l'enfance à la virilité. Chez lui, la jeunesse fut nulle dans l'ordre moral, et l'on peut dire que la nature en avait fait un sage, avant qu'il eût secoué la poussière des écoles. A l'ombre des murs du collége et du séminaire, il s'était élevé un philosophe dont le nom devait vivre dans l'histoire, quand même la fortune ne lui aurait pas assigné plus tard un rang égal à son mérite. Sans doute, il dépendait de cette dernière d'appeler ou de ne pas appeler un jour Turgot au pouvoir ; de remettre ou de ne pas remettre un jour la desti— née de la France entre ses mains ; mais elle n'avait déjà plus la puissance de vouer à l'obscurité son génie naissant. Dé— jà le jeune théologien avait payé au monde, dans les deux *Discours en Sorbonne* et la *Lettre sur le papier-monnaie*, dont il sera parlé tout à l'heure, les arrhes de sa célébrité future. Enfin, dans cette première période de son existence, il s'était dessiné complétement au point de vue intellectuel et au point de vue moral. Il annonçait, en un mot, ce qu'il devait rester pendant toute sa carrière, un homme puissant par l'esprit et grand par le cœur.

Et c'est même dès l'enfance de Turgot qu'on rencontre ces

heureux présages. Lorsqu'il était au collége de Louis-le-Grand, ses parents s'aperçurent que la petite pension qu'ils lui accordaient pour ses menus plaisirs, disparaissait avec une promptitude extraordinaire ; ils en voulurent savoir la cause, et chargèrent le principal de surveiller avec beaucoup d'attention l'emploi que faisait leur fils de son argent. Il fut bientôt reconnu qu'il s'empressait de le distribuer à ses camarades, externes et pauvres, pour acheter des livres. Ce n'était certainement pas, comme le remarque Condorcet, un écolier ordinaire, que celui qui raisonnait ainsi la bienfaisance.

Cet enfant, qui montrait un si noble caractère et qui se livrait à l'étude avec la plus grande ardeur, était cependant rebuté par sa mère toutes les fois qu'il revenait dans la maison paternelle. La bonne femme le regardait presque comme un idiot, parce qu'il n'excellait pas dans l'art de faire la révérence, et qu'il paraissait gauche dans un monde dont il n'avait pas l'habitude. Ne comprenant pas la sauvagerie naturelle d'un esprit sérieux, elle la combattait sans cesse par de maladroits reproches, qui produisaient un résultat tout contraire à ses vues. Au lieu de chercher à devenir plus aimable, le jeune homme s'enfuyait dès qu'il survenait une visite. Caché derrière un paravent, ou blotti sous un canapé, rapporte l'abbé Morellet, qui l'avait ouï dire à Mme Dupré de Saint-Maur, très-liée avec Mme Turgot, il ne sortait plus de cette retraite que par les injonctions de sa mère ou le départ des visiteurs. Ces circonstances expliquent comment plus tard, malgré la supériorité et la fermeté de son esprit, Turgot ne parvint pas à vaincre complétement une certaine timidité extérieure, dont l'embarras se traduisait quelquefois par des formes qui avaient l'apparence du dédain, et qui choquèrent surtout l'orgueil des courtisans, lorsqu'il devint ministre.

Au collége du Plessis, il eut pour professeur de rhétorique Guérin, bon littérateur, et pour professeur de philosophie l'abbé Sigorgne, le premier membre de l'Université qui substitua l'enseignement de la physique de Newton aux rêveries du cartésianisme. Il se lia en même temps avec l'abbé Bon,

homme qui unissait à beaucoup de talent un caractère très-
énergique[1], et qui était admirateur passionné de Fénelon, de
Vauvenargues, de Voltaire et de J.-J. Rousseau. Guérin,
Sigorgne et l'abbé Bon, tous trois gens de mérite, apprécièrent
promptement ce que valait Turgot ; et l'amitié qu'ils lui portèrent, loin de se refroidir par la suite, devint une vénération
si profonde, qu'ils répétaient souvent qu'ils s'estimaient heureux d'avoir vécu dans le même siècle que lui.

En Sorbonne, il eut pour condisciples et pour amis des
hommes dont les noms, quoique à des titres divers, appartiennent tous à l'histoire. C'étaient les abbés de Brienne, de
Boisgelin, de Véry, de Cicé, et André Morellet[2], que le sort

---

[1] Lorsqu'en 1748 le gouvernement poussa la complaisance pour l'Angleterre
jusqu'à arrêter le prince Charles-Édouard au sortir de l'Opéra, à le garrotter, à le
jeter en prison, et à l'expulser du territoire comme un malfaiteur, l'abbé Bon, in-
digné, composa une pièce de vers qui commençait ainsi :

Peuple jadis si fier, aujourd'hui si servile, etc.

Le roi et Mme de Pompadour y étant fort maltraités, la police mit tout en œuvre
pour découvrir l'auteur. Elle n'y parvint point, mais sut que l'abbé Sigorgne avait
délivré des copies de cette pièce, et on le jeta à la Bastille. Incapable de trahir le
secret de l'amitié, Sigorgne resta plus d'un an dans cette prison, et n'en sortit que
pour être exilé en Lorraine. Désespéré de cet événement, l'abbé Bon ne traîna
plus depuis lors qu'une vie languissante. Plus tard, la maison de Turgot devint la
sienne, et c'est sous ce toit hospitalier qu'il est mort. (Voyez Morellet, *Mémoires
inédits.*)

[2] L'abbé Loménie de Brienne devint successivement évêque de Condom, archevêque de Toulouse, archevêque de Sens, et ministre de Louis XVI, qui, en 1787,
le donna pour successeur à Calonne. L'abbé Morellet le peint comme dévoré d'ambition dès sa jeunesse, ce qui paraît exact ; mais c'est à tort qu'il lui attribue le
Conciliateur, admirable petit traité sur la tolérance due par l'État à toutes les opinions religieuses, publié par Turgot en 1754. — Boisgelin (de Cucé), prélat philosophe comme le précédent, mais homme d'un mérite bien supérieur, fut archevêque d'Aix en 1770, et a laissé d'honorables souvenirs d'administration en Provence.
C'est lui qui prononça, en 1775, le discours solennel qu'exigeait la cérémonie du
sacre de Louis XVI, discours qui fut interrompu deux fois par de nombreux ap-
plaudissements. Il devint membre de l'Académie française l'année suivante, et a
fait partie de l'Assemblée des notables et de l'Assemblée constituante. Boisgelin,
qui avait émigré en Angleterre, rentra en France en 1801, et il y est mort, en
1804, cardinal et archevêque de Tours. — L'abbé de Véry n'a d'autre mérite aux
yeux de l'histoire que d'avoir, en 1774, usé de son influence sur l'esprit de
Mme de Maurepas pour faire appeler Turgot au ministère. — L'abbé de Cicé devint archevêque de Bordeaux, et se distingua, comme Boisgelin, dans l'administration des affaires de sa province. — On sait que Morellet, l'un des esprits les

destinait à devenir, comme Fontenelle, le *lien de deux siècles et de deux littératures*[1]. L'abbé Morellet nous a laissé sur Turgot quelques détails qui ont d'autant plus d'intérêt, qu'on sait que cet écrivain, chez qui la raison domine beaucoup plus que le sentiment, ne peut guère être taxé d'enthousiasme, quand il juge les personnes ou les choses. Voici, toutefois, comment il s'exprime dans ses *Mémoires :*

« Cet homme, qui s'élève si fort au-dessus de la classe commune, qui a laissé un nom cher à tous les amis de l'humanité, et un souvenir doux à tous ceux qui l'ont particulièrement connu, annonçait dès lors tout ce qu'il déploierait, un jour, de sagacité, de pénétration, de profondeur. Il était en même temps d'une simplicité d'enfant, qui se conciliait en lui avec une sorte de dignité respectée de tous ses camarades et même de ses confrères les plus âgés. Sa modestie et sa réserve eussent fait honneur à une jeune fille. Il était impossible de hasarder la plus légère équivoque sur certain sujet, sans le faire rougir jusqu'aux yeux, et sans le mettre dans un extrême embarras. Cette réserve ne l'empêchait pas d'avoir la gaieté franche et naïve d'un enfant, et de rire aux éclats d'une plaisanterie, d'une pointe, d'une folie.

Il avait une mémoire prodigieuse, et je l'ai vu retenir des pièces de cent quatre-vingts vers, après les avoir entendues deux ou même une seule fois. Il savait par cœur la plupart des pièces fugitives de Voltaire, et beaucoup de morceaux de ses poëmes et de ses tragédies..... Les caractères dominants de cet esprit étaient la pénétration, qui fait saisir les rapports les plus justes entre les idées, et l'étendue qui en lie un grand nombre en corps de système [2]. »

Indulgent pour les autres, sévère pour lui-même, Turgot

plus judicieux du dix-huitième siècle, a eu, comme Turgot, l'honneur de ne combattre, toute sa vie, que pour les idées d'ordre, d'humanité et de progrès. En économie politique, son *Prospectus d'un Dictionnaire du commerce* est un titre que la science ne devra jamais oublier.

[1] Lemontey, *Éloge de Morellet* à l'Académie française, dans la séance du 17 juin 1819.

[2] Morellet, *Mémoires inédits*, pages 12 et suivantes.

conserva dans le monde cette pureté de mœurs qui semble faire sourire l'abbé Morellet, et dont étaient loin de se piquer ses autres compagnons d'études. Osons dire qu'elle est le signe distinctif des âmes véritablement fortes ; et que, lorsqu'elle ne s'allie pas aux talents chez les hommes publics, il est bien rare que ceux-ci jouent dans l'État un rôle qui tourne à l'avantage du peuple.

L'anecdote suivante achève de peindre Turgot sous le rapport moral. Au commencement de 1751, après avoir achevé le cours de ses études théologiques, et abordé la culture de presque toutes les branches des sciences et des lettres profanes, il écrivit à son père une lettre ferme et respectueuse, dans laquelle il lui annonçait que les principes qu'il s'était formés ne lui permettaient pas de se vouer à l'état ecclésiastique. Son père approuva cette résolution, mais il n'en fut pas de même de ses amis, les abbés de Cicé, de Brienne, de Véry et de Boisgelin, qui subordonnaient les inspirations d'une conscience honnête à la nécessité de faire fortune et d'occuper un jour une grande position dans le monde. Pour détourner donc Turgot de la détermination qu'il avait prise, ils lui demandèrent un rendez-vous dans sa chambre, et il s'engagea alors entre eux et lui, rapporte Dupont de Nemours, le colloque ci-après :

« Nous sommes unanimes à penser, lui dirent-ils, que tu veux faire une action tout à fait contraire à ton intérêt et au grand sens qui te distingue. Tu es un cadet de Normandie, et conséquemment tu es pauvre. La magistrature exige une certaine aisance sans laquelle elle perd même de sa considération, et ne peut espérer aucun avancement. Ton père a joui d'une grande renommée ; tes parents ont du crédit ; en ne sortant pas de la carrière où ils t'ont placé, tu es assuré d'avoir d'excellentes abbayes et d'être évêque de bonne heure. Il sera même facile à ta famille de te procurer un évêché de Languedoc, de Provence ou de Bretagne. Alors tu pourras réaliser tes beaux rêves d'administration ; et, sans cesser d'être homme d'église, tu pourras être homme d'État à ton loisir : tu pourras faire toute sorte de bien à tes administrés. Jette les yeux sur cette perspective : vois qu'il ne tient qu'à toi de te rendre très-utile à ton pays, d'acquérir une haute réputation, peut-être de te frayer le chemin au ministère. Au lieu que, si toi-même tu te fermes la porte, si tu romps la planche qui est sous tes pieds, tu seras borné à juger des procès; tu faneras, tu épuiseras, à discuter de petites affaires privées, ton génie propre aux plus importantes affaires publiques. »

Turgot se contenta de répondre :

« Mes chers amis, je suis extrêmement touché du zèle que vous me témoignez, et plus ému que je ne puis l'exprimer du sentiment qui le dicte. Il y a beaucoup de vrai dans vos observations; prenez pour vous le conseil que vous me donnez, puisque vous pouvez le suivre. Quoique je vous aime, je ne conçois pas entièrement comment vous êtes faits. *Quant à moi, il m'est impossible de me dévouer à porter toute ma vie un masque sur le visage.* »

Il resta, en effet, inébranlable dans son dessein, quitta l'habit ecclésiastique; et comme il avait mêlé l'étude du droit à celle de la théologie, se fit recevoir conseiller-substitut du procureur-général, le 5 janvier 1752. Dès lors commença pour Turgot une carrière qui peut se partager en quatre périodes bien distinctes : le temps écoulé depuis son entrée dans le monde jusqu'à sa nomination à l'intendance de Limoges en 1761, les treize années de son intendance, son rapide passage au ministère, et l'époque de sa disgrâce. Mais il convient, avant d'en esquisser le tableau, de revenir un instant encore sur les bancs du séminaire et de la Sorbonne, où le génie économique, philosophique et politique de cet homme célèbre s'était révélé avec éclat.

La première pièce justificative à l'appui de cette assertion se trouve dans une lettre sur le papier-monnaie, écrite du séminaire à l'abbé de Cicé, en 1749. Dans cette lettre, que malheureusement l'on ne possède pas tout entière, l'auteur démontre combien étaient chimériques toutes les données sur lesquelles reposait le système de Law, qui avait abouti à une

si funeste catastrophe en 1720. On ne rendrait qu'une justice
incomplète à Turgot, si l'on se contentait de louer le mérite
absolu de cette œuvre. Il faut songer, surtout, que cette forte
étude sur le crédit et la monnaie échappait à la plume d'un
jeune homme de vingt-deux ans, quand la science de l'économie politique, que Quesnay devait créer plus tard, était encore à naître. Il faut songer que, pour guider son esprit dans
ces spéculations toutes neuves, il n'avait guère que les leçons
de Boisguillebert, de Vauban, de Melon et de Dutot, qui avaient
fait de la vérité et de l'erreur un mélange trop confus, pour
que la gloire qui leur est propre diminue celle des hommes qui
vinrent ensuite séparer, d'une main sûre, le bon grain de l'i-
vraie. On sait, d'ailleurs, que Melon et Dutot s'étaient déclarés
les apologistes de Law, et que la conception de l'Écossais, bien
que maudite par la masse des contemporains qui en avait été
victime, conservait toujours un grand nombre d'admirateurs.
Ajouter, enfin, qu'auprès de la plupart des personnes qui s'oc-
cupaient de ces sortes de matières, le manifeste de l'abbé Terrasson continuait de faire autorité, c'est donner, en deux
mots, la mesure des connaissances économiques de l'époque.

Au commencement de 1720, lorsque déjà s'affaissait à vue
d'œil le colossal édifice du système, l'abbé Terrasson, membre
très-savant de l'Académie des inscriptions et belles-lettres,
esprit fort original et naturellement porté au paradoxe, avait
été choisi par Law pour rassurer la confiance du public, en
l'initiant à la théorie de ses opérations financières. Il s'acquitta
de cette mission, qui n'était pas purement officieuse, en pu-
bliant, à de très-courts intervalles, quatre lettres où l'art de
prendre la raison humaine aux piéges du sophisme s'élève à
sa plus grande hauteur[1].

La thèse de l'abbé consiste à soutenir que les métaux précieux, employés comme monnaie, ne sont qu'un *signe* adopté
pour la transmission de la richesse; que la matière de ce signe
est indifférente en soi, et qu'il appartient au prince seul de

---

[1] Nous avons donné ces lettres dans les *Économistes financiers du dix-huitième siècle*.

la déterminer ; enfin, qu'il suffit à un peuple de posséder une quantité suffisante de signes pour ne manquer jamais de toutes les choses nécessaires aux besoins de la vie. De ces prémisses amenées avec beaucoup de talent, il tire la conséquence que le *papier* est ce qu'il y a dans le monde de plus propre à devenir monnaie. Il développe les bienfaits sans nombre qu'entraînerait la réalisation de cette idée, et insiste particulièrement sur ces deux points, que le prince serait toujours en état de prêter du numéraire à ses sujets et pourrait même, un jour, les exempter de toute espèce d'impôt. Dans ce cas, le *crédit* deviendrait l'unique trésor du monarque ; il n'y aurait plus d'embarras de finances, plus de mesures oppressives du commerce, et l'autorité souveraine, toujours redoutable dans un roi pauvre, ne se signalerait plus, dans un roi opulent, que par la douceur et la bienfaisance.

Un tel système, prétend encore l'abbé, n'est pas même une innovation. Le mettre en pratique, c'est tout simplement user du crédit, dont l'origine se perd dans la nuit des temps, et qui rapporte d'immenses bénéfices au commerce. Qui donc ignore que les banquiers et les négociants ont en billets un fonds décuple de celui qu'ils possèdent en espèces ? Ce fait n'est-il pas la preuve que l'État, dont les richesses sont incommensurables, comparées à celles des particuliers, peut étendre son crédit dans une proportion bien supérieure ? et une preuve d'autant plus irrécusable, que le souverain jouit d'une prérogative qui ne saurait être l'attribut d'aucun particulier ? Un commerçant ne peut contraindre personne à accepter ses billets, mais le prince peut forcer tout le monde à recevoir les siens. Il n'y a pas là, comme quelques-uns semblent l'insinuer, de violence, de tyrannie ; car, de l'aveu de tous les publicistes, le droit de battre monnaie, sous quelque forme que ce puisse être, appartient au prince essentiellement. La monnaie ne vaut même que par la marque qu'il lui imprime, et qui est le signe de son autorité. Au fond, « un écu n'est qu'un billet conçu en ces termes : *Un vendeur « quelconque donnera au porteur la denrée ou marchandise*

« *dont il aura besoin jusqu'à la concurrence de trois livres,*
« *pour autant d'une autre marchandise qui m'a été livrée ;* et
« l'effigie du prince tient lieu de signature. » C'est également
par suite de ces principes, que les métaux précieux employés
comme signes de transmission de la richesse, que toutes les
espèces d'or et d'argent qui circulent dans le royaume avec
la marque du prince, doivent être réputées appartenir à
l'Etat, et que le roi, son représentant en France, peut très-
légitimement obliger ceux qui les possèdent à les échanger
contre des signes nouveaux, qu'il a reconnus plus avantageux au public, et qu'il reçoit lui-même comme il acceptait
les précédents. Sous ce rapport, les métaux précieux ressem-
blent aux grands chemins qui appartiennent à la société en
général, mais non à aucun de ses membres en particulier ;
et quiconque voudrait les retenir par devers lui, les accumuler pour son usage personnel, ne troublerait pas moins
l'ordre public, que celui qui prétendrait enfermer la portion
d'une grande route dans ses domaines.

Voilà les théories économiques par lesquelles Melon et
Dutot s'étaient laissé éblouir, et qui avaient cours dans l'opinion des contemporains, avant que les physiocrates, soumettant
les phénomènes de la production et de la distribution de la
richesse à une investigation sévère, fussent venus en déduire
les lois principales et formuler, si l'on peut s'exprimer ainsi,
le code de la nature des choses. Contre cette étrange élabo-
ration de sophismes, qui tendait à répandre les notions les
plus fausses sur la nature véritable de la monnaie et du crédit
public, et dont nous n'avons pu donner ici qu'une idée som-
maire, il ne s'était rencontré, à notre connaissance, que
deux protestations de quelque valeur, celles de Montesquieu
et de Pâris-Duverney. Mais l'illustre auteur des *Lettres persanes* ne s'était livré qu'à une ironie délicieuse et sanglante
contre le *système* [1], et Pâris-Duverney, tout en écrivant
d'une manière fort remarquable contre Dutot, n'avait pas su
approfondir scientifiquement la matière.

[1] *Lettres persanes*, CXLII.

Appuyé, au contraire, sur des principes qu'il devait à la lecture de Locke, et surtout à ses propres méditations, Turgot, le flambeau de l'analyse en main, pénètre de suite au cœur de la question. Il lui suffit de quelques pages pour établir nettement ce que c'est que le crédit, ce que c'est que la monnaie, et pour mettre à découvert le vide de tous les paradoxes accumulés par l'économiste de la régence.

« L'abbé Terrasson veut, dit-il, qu'on regarde comme un axiome, *que le crédit d'un négociant, bien gouverné, monte au décuple de son fonds ;* soit. — Mais ce crédit n'est point un crédit de billets, comme celui de la banque de Law. Un marchand qui voudrait acheter des marchandises pour le décuple de ses fonds, et qui voudrait les payer en billets au porteur [1], serait bientôt ruiné. Voici le véritable sens de cette proposition. Un négociant emprunte une somme pour la faire valoir, et non-seulement il retire de cette somme de quoi payer les intérêts stipulés et de quoi la rembourser au bout d'un certain temps, mais encore des profits considérables pour lui-même. Ce crédit n'est pas fondé sur les biens de ce marchand, mais sur sa probité et sur son industrie, et il suppose nécessairement un échange à terme prévu, fixé d'avance ; car, si les billets étaient payables à vue, le marchand ne pourrait jamais faire valoir l'argent qu'il emprunterait. Aussi est-il contradictoire qu'un billet à vue porte intérêt, et un pareil crédit ne saurait passer les fonds de celui qui emprunte. Ainsi le gain que fait le négociant par son crédit, et qu'on prétend être décuple de celui qu'il ferait avec ses seuls fonds, vient uniquement de son industrie : c'est un profit qu'il tire de l'argent qui passe entre ses mains au moyen de la confiance que donne son exactitude à le restituer, et il est ridicule d'en conclure, comme je crois l'avoir lu dans Dutot, qu'il puisse faire des billets pour dix fois autant d'argent ou de valeurs qu'il possède.

« Remarquez que le roi ne tire point d'intérêt de l'argent

---

[1] Turgot, comme la suite de la citation le prouve, prend ici cette expression, *billets au porteur*, dans le sens de *billets à vue*.

qu'il emprunte : il en a besoin ou pour payer ses dettes, ou
pour les dépenses de l'Etat ; il ne peut par conséquent restituer qu'en prenant sur ses fonds, et dès lors, il se ruine s'il
emprunte plus qu'il n'a. Son crédit ressemble à celui du clergé.
En un mot, tout crédit est un emprunt et a un rapport essentiel à son remboursement. Le marchand peut emprunter plus
qu'il n'a, parce que ce n'est pas sur ce qu'il a qu'il paye et les
intérêts et le capital, mais sur les marchandises qu'il achète
avec de l'argent comptant qu'on lui a prêté, qui, bien loin
de dépérir entre ses mains, y augmentent de prix par son
industrie.

« L'Etat, le roi, le clergé, les Etats d'une province, dont
les besoins absorbent les emprunts, se ruinent nécessairement, si leur revenu n'est pas suffisant pour payer tous les
ans, outre les dépenses courantes, les intérêts et une partie
du capital de ce qu'ils ont emprunté dans le temps des besoins extraordinaires[1]. »

On voit par ces lignes que Turgot, du fond du séminaire,
comprenait le crédit comme le comprirent plus tard Ad. Smith,
J.-B. Say et tous les maîtres de la science. Il ne lui accorde
pas, à l'exemple des disciples de Law, la vertu prodigieuse de
créer des capitaux, mais celle seulement d'en activer la circulation. Il évite surtout de tomber dans la confusion, ima-
ginée par la même école, et que l'on tient toujours à maintenir, du crédit public et du crédit commercial, pour assimiler
les déplorables abus de l'un aux salutaires effets de l'autre.
Il précise d'une manière admirable le caractère de ces deux
sortes de crédits, non pour établir que les emprunts contractés
par l'Etat ne puissent, dans certains cas, être utiles ou nécessaires, mais pour montrer où conduit leur excès, indé-
pendant de l'usage auquel on les applique, puisqu'il n'est pas
plus donné à un gouvernement qu'à un simple particulier de
dépenser sans cesse au delà de son revenu. Ainsi le veut
l'axiome *ex nihilo nihil*, qui, avant comme après Turgot, ne
fut jamais infirmé par l'histoire.

---

[1] *Lettre à l'abbé de Cicé sur le papier-monnaie*, tome I, pages 95 et 96.

A cette leçon sur le crédit succède une autre, qui n'est pas moins irréprochable, sur la monnaie. Si l'on en compare le texte aux idées émises, à la même époque et sur la même matière, par Montesquieu, dans l'*Esprit des lois*, il sera facile de se convaincre que le rapprochement ne tourne pas à l'avantage du grand publiciste qui venait d'assurer à son nom l'éternel hommage de la postérité. Sans doute Montesquieu, quoiqu'il définisse la monnaie : *un signe qui représente la valeur de toutes les marchandises* [1], n'est pas tombé dans les erreurs monstrueuses de l'abbé Terrasson; sans doute, encore, il n'a pas mérité le reproche trop dur de n'avoir rien entendu à la théorie des instruments de l'échange [2]; mais cependant il faut convenir qu'il y a loin, de ses concepts vagues et hasardés sous ce rapport, aux théorèmes lumineux et positifs de Turgot. On voit dans le dernier un écrivain complétement maître de son sujet, et dans le premier un homme de génie dont l'intelligence s'est aventurée hors de ses domaines.

La doctrine, que la monnaie est un signe, doctrine moins singulière à coup sûr que son application, dont il avait l'exemple sous les yeux, avait amené l'académicien défenseur du système à s'exprimer ainsi : « Qu'importe que le signe soit d'argent ou de papier? Ne vaut-il pas mieux choisir une matière qui ne coûte rien, qu'on ne soit pas obligé de retirer du commerce où elle est employée comme marchandise, enfin qui se fabrique dans le royaume, et qui ne nous mette pas dans une dépendance nécessaire des étrangers et possesseurs

---

[1] *Esprit des lois*, livre XXII, chapitre II.

[2] J.-B. Say, *Cours d'économie politique*, tome I, page 582, seconde édition. — Say fait suivre ce reproche de ces mots : « Et j'ajouterai que personne n'y entendait plus que lui, jusqu'à Hume et Smith. » Il nous semble qu'ici l'illustre économiste se laisse emporter beaucoup trop loin par sa juste admiration pour le philosophe de Glascow. On trouve, longtemps avant Smith, des idées justes émises sur la nature et la fonction de la monnaie. L'écrit de Turgot, que nous citons, en est une preuve; son Mémoire sur les *valeurs et monnaies* une autre, et une autre encore, le *Prospectus d'un nouveau Dictionnaire du commerce*, par l'abbé Morellet. Et quant à Hume, on ne peut certainement pas le comparer, comme économiste, ni à Turgot, ni à Morellet. Law n'était pas non plus un ignorant en cette matière.

des mines, qui profitent avidement de la séduction où l'éclat de l'or et de l'argent a fait tomber les autres peuples; une matière qu'on puisse multiplier selon ses besoins, sans craindre d'en manquer jamais, enfin qu'on ne soit jamais tenté d'employer à un autre usage qu'à la circulation ? Le papier a tous ces avantages, qui le rendent préférable à l'argent. »

Mais Turgot répond au *Qu'importe* de l'abbé Terrasson, par un exposé des vrais principes de la matière. Il fait voir en peu de mots que la monnaie n'est pas un signe de richesse, mais une richesse réelle; qu'elle ne représente pas les marchandises, mais qu'elle est marchandise elle-même. Il dit pourquoi les métaux précieux sont plus propres que tout autre produit à remplir la fonction de monnaie, pourquoi il est de l'essence de la monnaie d'être une matière pourvue de valeur, et quel rôle joue réellement le papier, quand il apparaît dans la circulation. « C'est donc, lit-on dans la *Lettre à l'abbé de Cicé*, comme marchandise, que l'argent est, non pas le signe, mais la commune mesure des autres marchandises ; et cela, non pas par une convention arbitraire fondée sur l'*éclat de ce métal*, mais parce que, pouvant être employé sous diverses formes comme marchandise, et ayant, à raison de cette propriété, une valeur vénale un peu augmentée par l'usage qu'on en fait aussi comme monnaie, pouvant d'ailleurs être réduit au même titre et divisé exactement, on en connaît toujours la valeur. L'or tire donc son prix de sa rareté, et, bien loin que ce soit un mal qu'il soit employé en même temps et comme marchandise et comme mesure, ces deux emplois soutiennent son prix. »

« Il est absolument impossible, ajoute l'auteur, que le roi substitue à l'usage de l'or et de l'argent celui du papier. L'or et l'argent, même à ne les regarder que comme signes, sont actuellement distribués dans le public, par leur circulation même, suivant la proportion des denrées, de l'industrie, des terres, des richesses réelles de chaque particulier, ou plutôt du revenu de ses richesses comparé avec ses dépenses. Or, cette proportion ne peut jamais être connue, parce qu'elle est cachée, et parce

I. 2

qu'elle varie à chaque instant par une circulation nouvelle. Le
roi n'ira pas distribuer sa monnaie de papier à chacun suivant
ce qu'il possède de monnaie d'or, en défendant seulement l'u-
sage de celle-ci dans le commerce ; il faut donc qu'il attire à
lui l'or et l'argent de ses sujets, en leur donnant à la place son
papier, ce qu'il ne peut faire qu'en leur donnant ce papier
comme *représentatif* de l'argent. Pour rendre ceci clair, il n'y
a qu'à substituer la denrée à l'argent, et voir si le prince pourrait donner du papier pour du blé, et si on le prendrait, *sans
qu'il fût jamais obligé de rendre autrement.* Non, certainement, alors les peuples ne le prendraient pas ; et si on les y
voulait contraindre, ils diraient avec raison qu'on enlève leur
blé sans payer. Aussi les billets de banque énonçaient leur valeur en argent ; ils étaient de leur nature exigibles ; et tout crédit l'est, parce qu'il répugne que les peuples donnent de l'argent pour du papier. Ce serait mettre sa fortune à la merci du
prince... C'est donc un point également de théorie et d'expérience, que jamais le peuple ne peut recevoir le papier que
comme représentatif de l'argent, et par conséquent convertible
en argent. »

La lettre découvre ensuite toute l'absurdité de l'hypothèse
du remplacement de l'impôt par des émissions périodiques de
papier-monnaie. Il faut alors, explique Turgot, ou que le papier vienne faire concurrence aux espèces dans la circulation,
ou qu'il y tienne lieu des métaux précieux démonétisés. Dans le
premier cas, la nature des choses veut que le prix de tout ce
qui est dans le commerce s'élève avec l'accroissement des
unités monétaires ; mais le papier qui n'est qu'un signe, un
simple instrument de l'échange, dépourvu de toute valeur in-
trinsèque, ne pourra se maintenir en équilibre avec l'argent
qui, à cette même qualité d'instrument de l'échange, joint celle
de marchandise. Les billets se décrieront donc de jour en
jour ; et plus ils se décrieront, plus les besoins de l'État force-
ront à les multiplier, c'est-à-dire à user d'un remède qui ag-
gravera le mal, et finira par anéantir ce crédit imaginaire. Dans
le second cas, en le supposant praticable d'abord, on n'échappe

pas davantage à la nécessité d'accroître la masse des signes
monétaires, et cela même dans une progression telle, qu'il faudrait bientôt des montagnes de papier pour acquérir ce qui se
paye aujourd'hui avec quelques grains d'or ou d'argent. En
outre, la suppression de l'impôt ne serait que nominale, car
l'on ne se décharge pas en réalité du fardeau des charges publiques, quand on est contraint de recevoir une monnaie dont le
prince peut, d'un trait de plume, avilir la valeur. Une répartition inique de l'impôt serait la seule conséquence d'un pareil
système.

Cette solide étude sur le crédit et la monnaie tire une immense
valeur de sa date. Nous le répétons à dessein, parce que nous y
voyons une preuve nouvelle en faveur de l'opinion, glorieuse
pour la France, que les écrivains du dix-huitième siècle ont
eu, dans la création de la belle science de l'économie politique, une part beaucoup plus considérable que celle qui leur
a été accordée jusqu'à ce jour.

A la fin de la même année 1749, Turgot fut nommé prieur
de Sorbonne. Le priorat était une espèce de dignité élective,
qui imposait à celui qui en était revêtu l'obligation de prono-
cer un discours latin à l'ouverture et à la fermeture des cours
de l'école. L'accomplissement de ce devoir fournit à Turgot,
en 1750, l'occasion d'exposer les principes d'une philosophie
généreuse et pure, dont sa vie tout entière peut être considérée comme la traduction, et qui se résume véritablement dans
ces trois mots : *Ordre, liberté, progrès.* A ses yeux, l'ordre c'est
la justice, dont l'homme trouve les lois gravées au fond de sa
conscience ; la liberté, le droit de faire tout ce qui n'est pas
contraire au droit d'autrui ; le progrès, le développement gra-
duel de la puissance de l'homme sur la matière, et celui surtout de sa moralité. C'est du point de vue de cette doctrine
qu'il considère, dans le premier de ses discours, les avantages
que le monde a retirés de l'avénement du christianisme ; et
qu'il trace, dans le second, le tableau général des progrès de
l'esprit humain. Dans tous deux, il est facile d'apercevoir, à
travers les formes que sa position et l'auditoire en présence

duquel il se trouve, commandent à l'orateur, qu'il n'accepte
du christianisme que sa morale sublime, et le dogme, si important pour le bonheur de l'humanité, de l'existence de Dieu et
de la spiritualité de l'âme[1]. Turgot est religieux à la manière de
Socrate. En supposant que ce soit un tort, on ne doute pas
que les chrétiens dignes de ce nom ne le lui pardonnent, et ne
comprennent qu'au point de vue temporel du moins, la société
n'a pas beaucoup à gémir de torts semblables.

Au surplus, il faut se hâter de le dire, cet homme qui n'eut
toute sa vie qu'une passion, l'amour du vrai et du bien, était
loin de considérer l'Évangile du même œil que les grands seigneurs beaux-esprits, les abbés de cour, et les traitants se di-
sant philosophes, parce qu'ils étaient athées. Entre Voltaire,
confondant la religion avec les erreurs de ses ministres, et le
plus grand penseur du siècle écrivant ces paroles : « Chose admirable ! la religion chrétienne, qui ne semble avoir d'objet
que la félicité de l'autre vie, fait encore notre bonheur dans
celle-ci[2] », Turgot, malgré son extrême jeunesse, devait être
et resta de l'avis de Montesquieu. Aussi, dans son premier discours, la thèse, si ancienne, de la supériorité du christianisme
sur le paganisme, le parallèle, si vieux, du monde idolâtre avec
le monde nouveau, semblent presque fournir un sujet tout
neuf à son éloquence, tant il sait le rajeunir par la chaleur et
l'élévation de la pensée ! Le mépris de la superstition, l'amour
de la tolérance, ne lui paraissent pas devoir conduire à la néga-
tion des bienfaits du christianisme ; et il exalte au contraire avec
force, dans un langage dont la sincérité n'a rien de suspect,
tout ce qu'il y a de grand, de salutaire, de profondément social,
dans une doctrine qui pose le niveau de l'égalité sur toutes les
têtes, montre des frères aux forts dans les faibles, aux riches
dans les pauvres, remplace la haine par l'amour, l'égoïsme
par le dévouement, et enseigne à tous que le mérite consiste,
non à diviniser ses passions, mais à les vaincre !

«Le livre de l'histoire moderne, a dit l'un de nos contem-

---

[1] On sait que Voltaire a dit : « *Si Dieu n'existait pas, il faudrait l'inventer.* »
[2] *Esprit des lois*, livre XXIV, chapitre III.

porains les plus illustres (M. de Chateaubriand), vous restera fermé, si vous ne considérez le christianisme ou comme une révolution divine, laquelle a opéré une révolution sociale, ou comme un progrès naturel de l'esprit vers une grande civilisation, système théocratique, système philosophique, ou l'un et l'autre à la fois, lui seul peut vous initier aux secrets de la société nouvelle.» Turgot est du petit nombre des philosophes qui comprirent cette vérité au dix-huitième siècle, et de la famille de ceux qui la défendent encore au dix-neuvième. Tout en est preuve pour ainsi dire dans son discours, et jamais l'excellence du principe chrétien n'a été proclamée, peut-être, avec un talent supérieur.

L'orateur envisage successivement l'influence de la religion sur le bonheur individuel des hommes, et ses effets sur la constitution du corps politique ou de la société. Il expose d'abord la corruption du monde païen, et la barbarie de ses mœurs et de ses lois. Il montre le néant de la philosophie antique, l'incertitude, la bizarrerie, l'extravagance de ses opinions sur la divinité, la nature de l'homme, l'origine des êtres, et surtout son superbe dédain pour la multitude, qu'elle aime mieux mépriser qu'instruire. A ce tableau, il oppose les grandes lumières, qu'au sein même de la barbarie, les théologiens tant décriés du moyen âge répandirent sur les questions qui intéressaient le plus l'avenir de l'humanité. Il fait voir les sciences, les lettres, les arts conservés par le christianisme, et met en évidence le caractère éminemment social de toutes ses institutions. Il demande enfin ce que sont devenus l'Égypte, l'Asie, la Grèce, et toutes les contrées de la terre où il n'a pu s'établir. On a accusé le christianisme de porter atteinte aux vertus purement humaines, et d'affaiblir les sentiments de la nature. Il repousse ces reproches en ces termes : «Quoi donc! elle aurait affaibli les sentiments de la nature, cette religion dont le premier pas a été de renverser les barrières qui séparaient les juifs des gentils? cette religion qui, en apprenant aux hommes qu'ils sont tous frères, enfants d'un même Dieu, ne formant qu'une famille immense sous un père commun, a renfermé dans cette idée sublime l'amour de Dieu et l'amour des hommes, et dans ces deux amours tous les devoirs ? »

Arrivant ensuite à l'action exercée par le christianisme sur la politique, qu'il appelle «*l'art de faire le bonheur des sociétés et d'en assurer la durée*», il établit, par les faits et le raisonnement, combien elle a été bienfaisante.

« Ni les progrès lents et successifs, dit-il, ni la variété des événements qui élèvent les États sur les ruines les uns des autres, n'ont pu abolir un vice fondamental enraciné chez toutes les nations, et que la seule religion a pu détruire. Une injustice générale a régné dans les lois de tous les peuples. Je vois partout que les idées de ce qu'on a nommé le bien public, ont été bornées à un petit nombre d'hommes ; je vois que les législateurs les plus désintéressés pour leurs personnes ne l'ont point été pour leurs concitoyens, pour la société, ou pour la classe de la société dont ils faisaient partie : c'est que l'amour-propre, pour embrasser une sphère plus étendue, n'en est pas moins disposé à l'injustice, quand il n'est pas contenu par de grandes lumières ; c'est qu'on a presque toujours mis la vertu à se soumettre aux opinions dans lesquelles on est né ; c'est que ces opinions sont l'ouvrage de la multitude qui nous entoure, et que la multitude est toujours plus injuste que les particuliers, parce qu'elle est plus aveugle et plus exempte de remords.

« Ainsi, dans les anciennes républiques, la liberté était moins fondée sur le sentiment de la noblesse naturelle des hommes, que sur un équilibre d'ambition et de puissance entre les particuliers. L'amour de la patrie était moins l'amour de ses concitoyens, qu'une haine commune pour les étrangers. De là, les barbaries que les anciens exerçaient envers leurs esclaves; de là, cette coutume de l'esclavage répandue autrefois sur toute la terre ; ces cruautés horribles dans les guerres des Grecs et des Romains ; cette inégalité barbare entre les deux sexes, qui règne encore aujourd'hui dans l'Orient; ce mépris de la plus grande partie des hommes, inspiré presque partout aux hommes comme une vertu, poussé dans l'Inde jusqu'à craindre de toucher un homme de basse naissance ; de là, la tyrannie des grands envers le peuple dans les aristocraties héréditaires, le profond abaissement et l'oppression des peuples soumis à d'autres peuples. Enfin, partout les plus forts ont fait les lois et ont accablé les faibles ; et, si l'on a quelquefois consulté les intérêts d'une société, on a toujours oublié ceux du genre humain.

« Pour y rappeler les droits et la justice, il fallait un principe qui pût élever les hommes au-dessus d'eux-mêmes et de tout ce qui les environne, qui pût leur faire envisager toutes les nations et toutes les conditions d'une vue équitable, et en quelque sorte par les yeux de Dieu même ; c'est ce que la religion a fait. En vain les États auraient été renversés, les mêmes préjugés régnaient par toute la terre, et les vainqueurs y étaient soumis comme les vaincus. En vain l'humanité éclairée en aurait-elle exempté un prince, un législateur : aurait-il pu corriger par ses lois une injustice intimement mêlée à toute la constitution des États, à l'ordre même des familles, à la distribution des héritages ? N'était-il pas nécessaire qu'une pareille révolution dans les idées des hommes se fît par degrés insensibles, que les esprits et les cœurs de tous les particuliers fussent changés ? Et pouvait-on l'espérer d'un autre principe que celui de la religion ? Quel autre aurait pu combattre et vaincre l'intérêt et le préjugé ainsi réunis ? Le crime de tous les temps, le crime de tous les peuples, le crime des lois mêmes, pouvait-il exciter des remords, et produire une révolution générale dans les esprits ? — La religion chrétienne seule y a réussi. Elle seule a mis les droits de l'humanité dans tout leur jour. On a enfin connu les vrais principes de l'union des hommes et des sociétés ; on a su allier un amour de préférence pour la société dont on fait partie, avec l'amour général de l'humanité. »

Le second *Discours en Sorbonne* [1] est une esquisse rapide et brillante de l'histoire des progrès de l'esprit humain. Il est surtout remarquable, en ce que la conception philosophique

[1] Prononcé le 11 décembre 1750.

de la perfectibilité indéfinie de notre espèce, ou la doctrine du progrès, se rencontre là formulée pour la première fois. Cette doctrine, qui paraît avoir été chez Turgot une conviction profonde, ne se trouve, par malheur, qu'indiquée au début de son discours, et y manque de développement. Le fait est d'autant plus regrettable, qu'il a laissé aussi sans exécution un grand ouvrage, où, selon le témoignage de Condorcet, il devait exposer, dans un ordre méthodique, toutes ses idées sur l'âme humaine, sur l'ordre de l'univers, sur l'Être suprême, sur les principes des sociétés, les droits des hommes, les constitutions politiques, la législation, l'administration, l'éducation physique, les moyens de perfectionner l'espèce humaine, relativement au progrès et à l'emploi de ses forces, au bonheur dont elle est susceptible, à l'étendue des connaissances auxquelles elle peut s'élever, à la rectitude, à la clarté, à la simplicité des principes de conduite, à la délicatesse, à la pureté des sentiments qui naissent et se développent dans les âmes, aux vertus dont elles sont capables. Voici toutefois comment s'exprimait le jeune philosophe :

« Les phénomènes de la nature, soumis à des lois constantes, sont renfermés dans un cercle de révolutions toujours les mêmes. Tout renaît, tout périt; et dans ces générations successives, par lesquelles les végétaux et les animaux se reproduisent, le temps ne fait que ramener à chaque instant l'image de ce qu'il a fait disparaître. — La succession des hommes, au contraire, offre de siècle en siècle un spectacle toujours varié. La raison, les passions, la liberté, produisent sans cesse de nouveaux événements. Tous les âges sont enchaînés par une suite de causes et d'effets, qui lient l'état du monde à tous ceux qui l'ont précédé. Les signes multipliés du langage et de l'écriture, en donnant aux hommes le moyen de s'assurer la possession de leurs idées et de les communiquer aux autres, ont formé de toutes les connaissances particulières un trésor commun, qu'une génération transmet à l'autre, ainsi qu'un héritage, toujours augmenté des découvertes de chaque siècle; et le genre humain, considéré depuis son origine, paraît aux yeux du philosophe un tout immense, qui lui-même a, comme chaque individu, son enfance et ses progrès. »

Passant au spectacle de la vicissitude des choses humaines, le philosophe rappelle en peu de mots l'élévation et la chute des empires, la mobilité continuelle des lois et des formes de gouvernement, le déplacement des sciences et des arts, l'accélération ou le retard de leurs progrès, les changements perpétuels que l'ambition ou la vaine gloire imposent à la scène du monde, le sang dont ils inondent la terre, et il ajoute :

« Cependant, au milieu de leurs ravages, les mœurs s'adoucissent, l'esprit humain s'éclaire ; les nations isolées se rapprochent les unes des autres ; le commerce et la politique réunissent enfin toutes les parties du globe, et la masse totale du genre humain, par des alternatives de calme et d'agitation, de biens et de maux, *marche toujours, quoique à pas lents, à une perfection plus grande* [1]. »

---

[1] Condorcet a, dans la *Vie de Turgot*, donné de ces idées le commentaire suivant :

« Turgot regardait une perfectibilité indéfinie comme une des qualités distinctives de l'espèce humaine.... Cette perfectibilité lui paraissait appartenir au genre humain en général et à chaque individu en particulier. Il croyait, par exemple, que les progrès des connaissances physiques, ceux de l'éducation, ceux de la méthode dans les sciences, ou la découverte de méthodes nouvelles, contribueraient à perfectionner l'organisation, à rendre les hommes capables de réunir plus d'idées dans leur mémoire, et d'en multiplier les combinaisons : il croyait que leur sens moral était également capable de se perfectionner. — Selon ces principes, toutes les vérités utiles devaient finir un jour par être généralement connues et adoptées par tous les hommes. Toutes les anciennes erreurs devaient s'anéantir peu à peu, et être remplacées par des vérités nouvelles. Ce progrès, croissant toujours de siècle en siècle, n'a point de terme, ou n'en a qu'un absolument inassignable dans l'état actuel de nos lumières. — Il était convaincu que la perfection de l'ordre de la société en amènerait nécessairement une, non moins grande, dans la morale ; que les hommes deviendraient continuellement meilleurs, à mesure qu'ils seraient plus éclairés. Il voulait donc, qu'au lieu de chercher à lier les vertus humaines à des préjugés, à les appuyer sur l'enthousiasme ou sur des principes exagérés, on se bornât à convaincre les hommes, par raison comme par sentiment, que leur intérêt doit les porter à la pratique des vertus douces et paisibles, que leur bonheur est lié avec celui des autres hommes. Le fanatisme de la liberté, celui du patriotisme, ne lui paraissaient pas des vertus, mais, si ces sentiments étaient sincères, des erreurs respectables d'âmes fortes et élevées, qu'il faudrait éclairer et non exalter. Il craignait toujours que, soumises à un examen sévère et philosophique, ces vertus ne se trouvassent tenir à l'orgueil, au désir

C'est dans ce même discours, semé de considérations profondes, et toujours exprimées dans un style digne du sujet, que
l'orateur, parlant des colonies phéniciennes qui s'étaient répan-
dues sur les côtes de la Grèce et de l'Asie Mineure, prophétisait de
cette manière l'indépendance future du Nouveau-Monde : « Les
colonies sont comme des fruits qui ne tiennent à l'arbre que
jusqu'à leur maturité : devenues suffisantes à elles-mêmes,
elles firent ce que fit depuis Carthage, ce que fera l'Amérique
un jour. »

De fortes études philosophiques et littéraires, un esprit avide
de tous les genres d'instruction, et l'ardent désir d'être utile à
l'humanité, servaient donc, comme on voit, de point de départ
aux premiers pas que Turgot allait faire dans le monde. Les
espérances qu'on en pouvait concevoir furent complétement
justifiées par la période de sa vie publique, qui eut pour terme
sa nomination à l'intendance de Limoges (1751-1761).

Turgot ne conserva qu'un an la place de substitut du procureur-général. Il fut nommé conseiller au Parlement le 30 décembre 1752, et maître des requêtes le 28 mars 1753. Ce nouveau poste était conforme à ses désirs, parce qu'il n'était entré
dans la magistrature proprement dite que pour s'ouvrir la
porte de la haute administration, carrière qui lui paraissait
offrir plus de moyens que toute autre de servir ensemble la patrie, la justice et la vérité. Il était naturel, en effet, qu'au devoir
d'appliquer à des procès civils ou criminels une législation la
plupart du temps absurde ou barbare; qu'au rôle de membre
de corporations à vues étroites, égoïstes et tracassières, telles
que l'étaient les Parlements, un esprit élevé et généreux pré-
férât celui de porter la lumière dans les conseils du pouvoir,
et l'ambition noble d'influer un jour sur le bonheur d'une province, ou peut-être même de l'État. On sait que les intendants
étaient presque toujours choisis parmi les maîtres des requê-

de l'emporter sur les autres; que l'amour de la liberté ne fût celui de la supériorité
sur ses concitoyens; l'amour de la patrie, le désir de profiter de sa grandeur; et il
le prouvait, en observant combien *il importait peu au plus grand nombre, ou
d'avoir de l'influence sur les affaires publiques, ou d'appartenir à une nation
dominatrice.* » (Pages 275 et suivantes.)

tês, et que souvent encore les ministres se recrutaient parmi les intendants. On rapporte de Turgot, dans ses nouvelles fonctions de maître des requêtes, un trait d'une bien rare délicatesse. Il avait été chargé de l'examen d'une affaire où un employé des fermes se trouvait inculpé de graves prévarications. Dans la persuasion que cet homme était coupable, il ne se pressait pas beaucoup d'accomplir contre lui un devoir de rigueur. Cependant, ayant pris connaissance des pièces après de longs délais, il y trouva la preuve que l'accusé était innocent. Sans s'arrêter alors à la pureté des motifs de sa négligence, Turgot se crut dans l'obligation rigoureuse de réparer le tort que l'employé en avait souffert. Il s'enquit de la somme d'appointements dont celui-ci avait été privé pendant la durée du procès, et la lui fit remettre avec la déclaration que ce n'était point un acte de générosité, mais de justice.

La position et les talents de Turgot ne tardèrent pas à le mettre en rapport avec tous les hommes les plus distingués de son époque. Il fut admis chez Mme Geoffrin, dont le salon était le rendez-vous des savants, des littérateurs, des artistes, et de tous les étrangers de distinction qui visitaient la capitale. Là, il se rencontrait avec Montesquieu, d'Alembert, Helvétius, le baron d'Holbach, les abbés Bon et Morellet, l'abbé Galiani, Raynal, Mairan, Marmontel, Thomas, et une foule d'autres personnages plus ou moins célèbres. Plusieurs devinrent ses amis, et il jouit bientôt dans cette société, ainsi que dans plusieurs autres, de la réputation d'un homme de goût et de jugement. Mais ce monde de philosophes, où fermentaient tout à la fois les germes de tant d'idées vraies et fausses, où s'élaboraient tant de systèmes empreints de raison et d'extravagance, fut loin d'imposer ses opinions à Turgot.

Convaincu que la possession de la vérité n'est le privilége exclusif de personne, il se tourna vers la lumière de quelque part qu'elle vînt, mais ne voulut pas enchaîner son libre arbitre à aucune secte, et rendre sa conscience solidaire des erreurs d'aucun parti. Alors, comme plus tard, il concentra son activité dans la culture des sciences et des lettres et dans le de-

voir d'accomplir le bien. La physique, la chimie, les mathématiques auxquelles il s'était appliqué déjà, furent étudiées de nouveau par lui dans leurs rapports avec les intérêts de l'agriculture, des manufactures et du commerce. Il approfondit l'histoire, la métaphysique et la morale, et voulut, pour y pénétrer
avec plus de succès, joindre la connaissance de l'hébreu à celle
du grec et du latin qu'il possédait parfaitement. Son attention
s'étant portée ensuite sur les littératures modernes, il se rendit
l'allemand et l'anglais si familiers, qu'il a pu traduire Gessner
et Klopstock dans la première langue; Shakspeare, Hume et
Tucker dans la seconde.

Vers 1755, Turgot se lia avec Gournay, intendant du commerce depuis le commencement de 1751, et le docteur Quesnay, médecin de Louis XV, lesquels commençaient à propager
en France les principales vérités de l'économie politique. Ces
deux hommes, dont l'un, fils de négociant et longtemps négociant lui-même, avait été élevé dans un port de mer, tandis
que l'autre, issu de pauvres cultivateurs, avait passé son enfance
dans une ferme, ne devaient qu'à eux seuls l'éducation qu'ils
avaient acquise et la place qu'ils s'étaient faite dans le monde.
Cette circonstance ayant contribué à développer en eux un esprit naturellement observateur, Gournay, tout en s'occupant
d'affaires, et Quesnay de la pratique de son art, méditèrent
sur l'organisation de la société et en induisirent que le corps
politique était soumis à certaines lois physiques et morales dont
le respect ou l'abandon influait, en sens contraire, sur sa richesse et son bonheur. Leur doctrine respective, et qui n'était
pas encore systématisée publiquement à cette époque, si elle
ne partait pas des mêmes bases, aboutissait dans l'application
à la même conséquence, conséquence fort simple, d'ailleurs,
puisqu'il ne fallait que ces quatre mots : *Laissez faire, laissez
passer,* pour la traduire. Quelques années suffirent pour donner
faveur à cette protestation contre la servitude du travail. Par
Gournay, homme d'action de la doctrine nouvelle, ses principes pénétraient dans le Bureau du commerce; par Quesnay,
son théoricien, ils se vulgarisaient à la cour; et ils trouvaient

encore, au sein même de l'administration, l'appui de l'un de ses membres les plus éclairés, de l'intendant des finances Trudaine. Turgot les adopta d'autant plus facilement qu'ayant désiré, pour son instruction, d'accompagner Gournay dans ses tournées officielles, ce dernier lui fit toucher au doigt, en quelque sorte, tous les maux enfantés par le système réglementaire et prohibitif. Dès lors, le jeune maître des requêtes ne cessa plus de parler ou d'agir dans l'intérêt de la liberté du travail; et, quand son maître et son ami se vit en 1759 descendre prématurément dans la tombe, il eut, du moins, la consolation de mourir avec la certitude qu'il laissait à cette cause un puissant défenseur.

Il nous reste à cette même époque (1759), comme monuments de l'activité intellectuelle de Turgot depuis qu'il avait quitté les bancs de la Sorbonne, ou plutôt depuis l'année de ses études dans cette Faculté, 1° deux *Lettres contre le système de Berkeley*, philosophe qui nie l'existence des corps, et des *Remarques critiques* sur l'ouvrage de Maupertuis intitulé : *Réflexions philosophiques sur l'origine des langues et la signification des mots* (1750); 2° Des *Observations* sous forme de lettre, adressées à Mme de Graffigny, sur le manuscrit des *Lettres péruviennes* (1751); 3° le plan d'une *Géographie politique*, et celui de deux *Discours sur l'histoire universelle*, considérée d'abord du point de vue de la formation des gouvernements et du mélange des nations, et en second lieu de celui des progrès de l'esprit humain (1750 et 1751); 4° deux *Lettres sur la tolérance*, adressées à un grand-vicaire qui avait été le condisciple de Turgot en Sorbonne (1753 et 1754); 5° le *Conciliateur*, ou *Lettres d'un ecclésiastique à un magistrat sur la tolérance civile* (1754); 6° la traduction des *Questions importantes sur le commerce*, de Josias Tucker (1753); 7° les articles *Existence, Étymologie, Expansibilité, Foires et marchés*, et *Fondation*, de l'Encyclopédie (1756); 8° enfin, l'Éloge de Gournay (1759).

Si l'on en excepte le *Conciliateur*, la traduction de Josias Tucker, et les articles fournis à l'Encyclopédie, l'auteur n'avait destiné à l'impression aucun des autres travaux que l'on vient d'énumérer. Cependant, quand on les parcourt, on reste confondu de la variété de connaissances qu'ils supposent, et de toutes les vues neuves et profondes que l'historien, le métaphysicien et le philologue peuvent encore y puiser de nos jours. Mais, comme notre but est de ne considérer que l'économiste et l'homme d'État dans la personne de Turgot, nous ne nous arrêterons pas à l'analyse de cette imposante masse d'idées, et nous nous bornerons à rechercher uniquement ce qui est de nature à caractériser ce qu'on peut appeler la *philosophie sociale* de cet homme illustre.

Les *Observations à Mme de Graffigny*, écrites en 1751, excitent un vif intérêt sous ce rapport. Tracées à propos d'un roman dont le cadre était emprunté à celui des *Lettres persanes*, elles montrent un écrivain qui avait déjà des principes arrêtés sur les questions les plus graves, et un libre penseur qui ne devait jamais confondre la philosophie avec l'art méprisable d'abuser du raisonnement pour faire descendre l'homme au niveau de la brute, et saper dans leur base toutes les croyances utiles au bonheur et au progrès de l'humanité. Là Turgot se prononce avec force sur la nécessité de l'inégalité[1] parmi les hommes, et il parle des mœurs, de l'éducation, du mariage, tout à la fois en homme d'État et en homme de bien. Il conclut ainsi sur le thème qui était à la veille de fournir à Rousseau tant d'éloquence, de contradictions et de paradoxes : « L'inégalité n'est point un mal : elle est un bonheur pour les hommes, un bienfait de celui qui a pesé avec autant de bonté que de sagesse tous les éléments qui entrent dans la composition du cœur humain. Où en serait la société si la chose n'était pas ainsi, et si chacun labourait son petit champ? Il faudrait que lui-même aussi bâtît sa maison, fît ses habits. Chacun serait réduit à lui seul et aux seules productions du petit terrain qui l'environnerait. De quoi vivrait l'habitant des terres qui ne produisent point de blé? qui est-ce qui transporterait les productions d'un pays à l'autre? Le moindre paysan jouit d'une

---

[1] Des conditions, ce qui est fort différent de l'*inégalité civile*, dont Turgot fut, toute sa vie, le plus rude adversaire.

foule de commodités rassemblées souvent de climats fort éloignés. Je prends le plus mal équipé : mille mains, peut-être cent mille, ont travaillé pour lui. La distribution des professions amène nécessairement l'inégalité des conditions. Sans elle, qui perfectionnera les arts utiles ? qui secourra les infirmes ? qui étendra les lumières de l'esprit ? qui pourra donner aux hommes et aux nations cette éducation, tant particulière que générale, qui forme les mœurs ? qui jugera paisiblement les querelles ? qui donnera un frein à la férocité des uns, un appui à la faiblesse des autres ? Liberté !... je le dis en soupirant, les hommes ne sont peut-être pas dignes de toi ! Egalité, ils te désireraient, mais ils ne peuvent t'atteindre[1] ! »

En ce qui touche l'éducation et les mœurs, Turgot se livre à des considérations judicieuses reproduites même par Rousseau dans l'*Emile*; et par les lignes suivantes il accuse son profond respect pour le mariage, cette institution sans laquelle l'homme ne se serait jamais tiré de l'état de barbarie : « Il y a longtemps que je pense, dit-il, que notre nation a besoin qu'on lui prêche le mariage et le bon mariage. Nous faisons les nôtres avec bassesse, par des vues d'ambition ou d'intérêt; et, comme par cette raison il y en a beaucoup de malheureux, nous voyons s'établir de jour en jour une façon de penser bien funeste aux États, aux mœurs, à la durée des familles, au bonheur et aux vertus domestiques. On craint les liens du mariage; on craint les soins et la dépense des enfants. Il y a bien des causes de cette façon de penser, et ce n'est point ici le lieu de les détailler. Mais il serait utile à l'Etat et aux mœurs qu'on s'attachât à réformer là-dessus les opinions, moins par raisonnement que par sentiment, et assurément on ne manquerait pas de choses à dire..... Je sais que les mariages d'inclination même ne réussissent pas toujours. Ainsi, de ce qu'en choisissant on se trompe, on conclut qu'il ne faut pas choisir. La conséquence est plaisante ! »

[1] L'admirable effet de la *division du travail*, tracé dans le chap. 1er du liv. I de la *Richesse des nations*, n'est pas autre chose que le développement des idées précédentes.

Dans les *Lettres sur la tolérance* et le *Conciliateur*, se trouve
agitée une question qui ne préoccuperait peut-être pas encore
les esprits au moment où nous traçons ces lignes, si les hommes
appelés plus tard à la résoudre eussent été convaincus, comme
Turgot, qu'au lieu de la ruse et du mensonge, la politique ne
devait avoir d'autre point d'appui que la raison et la morale.
Cette question est celle du rôle qui appartient à l'État en matière de religion.

Le principe posé par ce noble représentant des idées d'ordre
et de progrès au dix-huitième siècle, est qu'aucune religion,
en dehors de sa complète liberté d'existence, pourvu même que
ses dogmes et son culte ne soient pas contraires au bien de la société, n'a de droit à la *protection* de l'État. Il en est ainsi parce
que, d'une part, l'État n'a que le devoir de protéger des intérêts communs à tous, et que de l'autre l'intérêt de chaque
homme est isolé par rapport au salut. Comme, par la nature
des choses, chacun ne relève que de Dieu dans cette importante affaire, il est évident que la loi ne saurait intervenir dans
l'ordre spirituel qu'en essayant de violenter les consciences,
ce qui est absurde, puisque la foi ne s'impose pas; et qu'en
s'efforçant de sacrifier le droit d'une partie de la société au
droit de l'autre, ce qui serait une injustice révoltante. Les
choses du ciel sont essentiellement distinctes de celles de la
terre. A chaque Église le gouvernement des âmes, la direction dans les voies du salut, et au souverain l'unique soin de
veiller à la conservation et au bonheur de l'État. Il est juge,
non des croyances, mais des actions. Il ne lui appartient pas
de prononcer entre l'Alcoran et l'Évangile, comme doctrine
religieuse; mais il a le droit incontestable de juger la valeur
respective des dogmes de l'un et de l'autre, dans leur rapport
avec le bien de l'État. Si donc un sectateur de Mahomet voulait
prêcher la polygamie en France, son zèle devrait y être pro-
scrit, non parce qu'il blesserait la morale de l'Évangile, mais
parce qu'il offenserait nos mœurs et nos lois. La puissance publique, en un mot, ne s'exerce ici-bas que dans l'intérêt seul
des hommes, et non dans celui de la Divinité, dont la cause n'a

pas besoin d'un semblable secours. «On n'a pas roué Cartouche, écrit Turgot, comme mauvais catholique, mais comme mauvais citoyen. »

Mais, dira-t-on peut-être, la puissance publique n'étant exercée que par des hommes qui sont toujours sujets aux passions et à l'erreur, le bien de l'État servira de prétexte à l'oppression des consciences, et la liberté religieuse ne sera jamais qu'une fiction. Turgot prévient l'objection, et répond d'abord que l'abus qu'on redoute ne découlerait pas des principes qu'il a posés; ensuite, qu'il doit exciter peu d'inquiétude dans un pays où l'on n'opposerait pas d'obstacles au progrès des lumières, et où l'on aurait à cœur de répandre et d'éclaircir toutes les notions du droit public.

Il arriverait infailliblement alors qu'on comprendrait que la tolérance est cent fois préférable à la persécution pour ramener les hommes de l'erreur à la vérité. On souffrirait donc les dogmes mêmes qui choquent un peu le bien de l'État, pourvu qu'ils ne renversassent pas les fondements de la société; et en ne pressant pas le ressort du fanatisme, le temps ne serait pas long à venir où la raison générale ferait tomber dans le mépris toutes les croyances erronées.

De cette séparation radicale de l'ordre spirituel et de l'ordre temporel, de la doctrine qu'aucune religion ne peut revendiquer le droit d'être protégée par l'État, qui doit les tolérer toutes, Turgot ne conclut pas, cependant, que l'État n'ait lui-même celui de choisir et de protéger une religion. Au contraire, il pense qu'il en a le devoir, et voici les motifs qu'il en donne :

«Je ne veux cependant pas, dit-il, interdire au gouvernement toute protection d'une religion. Je crois, au contraire, qu'il est de la sagesse des législateurs d'en présenter une à l'incertitude de la plupart des hommes. Il faut éloigner des hommes l'irréligion, et l'indifférence qu'elle donne pour les principes de la morale. Il faut prévenir les superstitions, les pratiques absurdes, l'idolâtrie dans laquelle les hommes pourraient être précipités en vingt ans, s'il n'y avait point de prêtres qui prêchassent des dogmes plus raisonnables. Il faut craindre le fanatisme et le combat perpétuel des superstitions et de la lumière ; il faut craindre le renouvellement de ces sacrifices barbares qu'une terreur absurde et des horreurs superstitieuses ont enfantés chez des peuples ignorants. Il faut une instruction publique répandue partout, une éducation pour le peuple qui lui apprenne la probité, qui lui mette sous les yeux un abrégé de ses devoirs sous une forme claire, et dont les applications soient faciles dans la pratique...»

Mais la protection dont il s'agit ici n'est pas celle que le catholicisme entendait et entendra toujours se faire attribuer. Quoique profondément imbu de l'importance du sentiment religieux, Turgot ne s'en dissimulait pas les écarts ; et s'il lui donnait pour cortége, comme un grand écrivain de nos jours[1], « l'esprit de discipline, les bonnes mœurs, les œuvres de charité, le dévouement aux hommes jusqu'au sacrifice, » il y comprenait également «les ignorances, les superstitions, les faiblesses d'esprit, les routines de la pensée, les crédulités pieuses, les nuages, les ténèbres, les fantômes de l'enfance, du temps, vieux vêtements du passé, dont les cultes n'aiment pas à se dépouiller, parce qu'ils font partie de leur respect et de leur crédit sur l'imagination des peuples.» Aussi le philosophe du dix-huitième siècle ajoute-t-il :

«La société peut choisir une religion pour la protéger, mais elle la choisit comme utile et non comme vraie ; et voilà pourquoi elle n'a pas le droit de défendre les enseignements contraires : elle n'est pas compétente pour juger de leur fausseté; ils ne peuvent donc être l'objet de ses lois prohibitives ; et, si elle en fait, elle n'aura pas le droit de punir les contrevenants : je n'ai pas dit les rebelles, il n'y en a point où l'autorité n'est pas légitime. »

Pratiquement, Turgot demande l'indépendance absolue des prêtres de toutes les religions, dans l'ordre spirituel. Il veut, en outre, que chaque village ait son curé ou le nombre de ministres nécessaires à son instruction, et que la subsistance de ces ministres soit assurée indépendamment de leur troupeau,

---

[1] M. de Lamartine, *l'État, l'Église et l'Enseignement.*

c'est-à-dire par des biens-fonds. Il prévoit avec raison que, sans cette mesure, qui ne s'applique du reste qu'à la religion protégée par l'État, on verrait, par l'effet des révolutions qui s'opèrent dans l'esprit humain, tous les cultes s'élever successivement sur les ruines les uns des autres, et l'avarice laisser une grande partie du territoire privé de tout enseignement religieux. Quant aux cultes simplement tolérés, il en met l'entretien à la charge exclusive de leurs sectateurs, et pense que l'État ne doit pas permettre qu'ils soient dotés de fonds inaliénables, parce que c'est créer un obstacle à la fusion désirable, et qui pourrait se réaliser à la longue, de toutes les croyances religieuses.

Les *Lettres sur la tolérance* et le *Conciliateur* n'agitent pas seulement la question des vrais rapports de l'Église et de l'État. On peut encore considérer ces opuscules comme un cours de morale appliqué à la politique, qu'il est impossible de lire sans un profond respect pour la mémoire de Turgot. On jugera de tout ce que nous ne saurions dire à cet égard, par ces paroles dirigées contre le faux principe, qu'on peut sans scrupule sacrifier tous les droits individuels au bien prétendu de l'État : « On s'est beaucoup trop accoutumé dans les gouvernements, s'écrie-t-il, à immoler toujours le bonheur des particuliers à de prétendus droits de la société. On oublie que la société est faite pour les particuliers; qu'elle n'est instituée que pour protéger les droits de tous, en assurant l'accomplissement de tous les devoirs mutuels. »

Les articles *Foires et marchés*, et *Fondation*, de l'Encyclopédie, continuèrent la démonstration de cette rare intelligence économique dont Turgot avait donné la preuve dans la *Lettre sur le papier-monnaie*. Si on les rapproche de l'article *Économie politique*, charité que Jean-Jacques faisait dans le même temps au gigantesque Dictionnaire de Diderot, rien ne sera plus propre à montrer quelle différence il y a d'un véritable philosophe à un rhéteur ou à un utopiste. Mais c'est surtout dans l'*Éloge de Gournay* que l'éducation de l'illustre disciple des physiocrates paraît être terminée. Le panégyrique des

vertus et des talents du maître s'y détache, en effet, sur un
fond qui n'est autre chose que la critique de tous les vices du
système mercantile, et l'exposition succincte des points fondamentaux de la doctrine de Quesnay.

En 1761, Turgot fut nommé à l'intendance de Limoges.
Dès que Voltaire en fut instruit, il lui manda : « Un de vos
confrères vient de m'écrire qu'un intendant n'est propre qu'à
faire du mal; j'espère que vous prouverez qu'il peut faire
beaucoup de bien. » Jamais prévision ne dut recevoir un accomplissement plus littéral, et les succès de l'administration
de Turgot furent tels, qu'on finit par dire que la province qu'il
gouvernait ressemblait à un petit état fort heureux, enclavé
dans un empire vaste et misérable. Cet esprit supérieur obéit
à la loi qui lui était propre, en s'attachant surtout à des réformes d'une portée haute et féconde pour l'avenir. On ne lui
a pas dénié ce mérite, mais on n'a pas tenu assez de compte
du courage de détail, et de l'abnégation prodigieuse qu'exigeait
l'exécution de pareilles réformes. Il faut parcourir les nombreux monuments qui nous restent de la sollicitude administra-
tive de Turgot, pour comprendre combien fut admirable le
dévouement de cet homme qui, tenant de la nature et de la
fortune tout ce qui était nécessaire pour jouer un grand rôle
scientifique ou littéraire au sein de la capitale, préférait s'exi-
ler, d'une manière indéfinie, dans une province inculte et pauvre, pour consacrer chaque jour à y faire pénétrer la civilisation et le bonheur[1]. Il faut les parcourir surtout, pour apprécier
à sa juste valeur l'opinion qui tente de faire passer pour un
simple théoricien celui qui, pendant treize années entières, ne
cessa d'étudier l'économie matérielle du corps social jusque
dans ses moindres ressorts !

---

[1] Turgot aurait pu obtenir, dès 1762, l'intendance de Lyon. Sa mère la sollici-
tait pour lui du contrôleur-général Bertin, très-bien disposé en sa faveur. Il écrivit
au ministre, qui lui avait offert déjà celle de Rouen, de le laisser à Limoges pour
y réformer l'assiette de la taille. Il faut louer Necker d'avoir refusé le traitement de
contrôleur-général ; mais il y a loin, certes, de l'esprit qui dictait ce refus, aux
considérations qui portaient Turgot à ne pas vouloir d'un poste meilleur. — Voyez
tome Ier, page 511.

La conduite de Turgot dans son intendance eut pour règle les idées des physiocrates, qui commençaient à gagner du terrain dans l'opinion de tous les amis du progrès. A cette époque, où l'on avait sous les yeux les tristes résultats de l'intervention du gouvernement dans l'ordre économique, les penseurs estimaient que les souffrances de la société provenaient, non de la divergence nécessaire des intérêts individuels, mais de la compression imprudente qu'on faisait subir à leur essor dans le cercle que la justice a tracé. La liberté, la propriété, la famille, ne leur paraissaient pas constituer des abus; et ils n'avaient pas imaginé, comme certains philosophes de nos jours, qu'un pouvoir quelconque pût s'arroger le droit de discuter l'abolition ou le maintien de la personnalité humaine. Aussi Turgot, loin de vouloir offrir cette dernière en holocauste à l'État, n'eut-il d'autre but que de l'affranchir de toutes les gênes qui ne sont pas inhérentes à l'état de société. L'amélioration de l'assiette et de la perception de l'impôt, la réforme de la milice, la suppression de la corvée, et le relâchement des mille liens dans lesquels se débattaient les industries agricole, manufacturière et commerciale, devinrent l'objet principal des efforts que lui suggérait son ardent amour de l'humanité. Il tentait ainsi de rétablir l'individu dans la jouissance de ses droits naturels, pour qu'il eût intérêt à respecter ses devoirs de citoyen.

Simple agent du pouvoir exécutif, Turgot n'avait qu'une autorité dont les limites étaient fort restreintes. Il y suppléa par l'ascendant que donnent les lumières et la vertu. Ses rapports au Conseil d'État, sa correspondance avec les ministres, l'exposé plein de force et de modération de ses doctrines gouvernementales, en assuraient presque toujours le triomphe. En même temps, il combattait par des moyens analogues les obstacles que ses innovations rencontraient dans l'ignorance et les préjugés populaires. Dans des circulaires touchantes, il appelait les curés et tous les notables habitants des villes et des campagnes à lui prêter le secours de leur influence, soit pour cadastrer le Limousin, soit pour substituer à l'impôt inique de là corvée une contribution additionnelle à la taille, soit pour protéger, dans l'opinion publique, la loi de 1763 rendue en faveur de la libre circulation des grains. En même temps encore, il instituait les premiers ateliers de charité; fondait à Limoges une école d'accouchement et une école vétérinaire; ajoutait, de ses propres deniers, un second prix à celui que décernait annuellement la Société d'agriculture de la même ville; et, comme président de cette Société, imprimait à ses travaux une direction qui produisait les améliorations les plus heureuses dans l'économie rurale de toute la généralité. L'ensemble de ces mesures conquit rapidement à Turgot la confiance de ses administrés; et à l'aide de cette confiance, il opéra presque des prodiges. Revenu de l'opinion, justifiée par une trop longue expérience, que le bien qu'on prétendait lui faire servait toujours de prétexte pour aggraver les maux qu'il supportait réellement, le peuple des campagnes bénit le premier magistrat qui compatissait d'une manière véritable à ses souffrances, et se prêta avec docilité à l'exécution de ses projets. Il ne dépendait pas de Turgot de soumettre les privilégiés à la taille, mais nuls soins, nuls efforts ne lui coûtèrent pour en répartir le fardeau équitablement entre ceux que la loi condamnait à le porter. Cent soixante lieues de routes nouvelles furent construites, les anciennes réparées et tenues dans un parfait état d'entretien, non plus par de pauvres paysans que l'amende et la prison forçaient à travailler sans salaire, mais par des entrepreneurs soldés sur les fonds des communes, auxquelles le Trésor tenait ensuite compte de leurs avances. Une autre charge accablante pour l'agriculture, une autre source d'odieuses vexations individuelles à cette époque, était le système de réquisitions adopté pour le transport des équipages militaires [1]. Turgot l'abolit, comme la corvée pour la construction des grandes routes, en faisant exécuter ce service à prix d'argent, au moyen d'entrepreneurs payés sur une imposition que ne supportaient pas les lieux de passage exclusivement,

---

[1] Voyez *Lettres au contrôleur-général sur l'abolition de la corvée pour les transports militaires*, tome II, p. 98 et suiv.

mais la province tout entière. Parmi les fléaux qui désolaient les campagnes, il fallait encore compter la milice. Le service militaire, dans lequel Turgot voyait avec raison la plus lourde des charges qui pèsent sur le peuple, et qu'il croyait possible autrement que par l'emploi de la force, qui n'accuse dans le pouvoir que le mépris de la justice et de l'humanité, offrait alors, entre autres abus, celui qu'on n'y tolérait pas les engagements volontaires. L'administration avait imaginé d'interdire aux communes qu'elles se cotisassent pour fournir des remplaçants libres à ceux de leurs membres qui étaient atteints par le sort. Cette tyrannie gratuite avait pour effet, non de diminuer, mais d'accroître la répugnance pour le métier de soldat. L'époque du tirage amenait ainsi, chaque année, la désertion périodique d'une partie des jeunes gens dans chaque paroisse; et il s'ensuivait des rixes sanglantes, de village à village, pour garder ou ramener les fuyards. Turgot mit fin à ce désordre, en repoussant l'intervention des communes dans l'exécution de la loi, en l'appliquant lui-même avec l'impartialité la plus sévère, et surtout en obtenant du ministère de ne pas exécuter les articles des ordonnances contraires au remplacement [1].

En 1770 et 1771, la nature vint contrarier le cours des bienfaisantes opérations de ce grand administrateur. Le Limousin, pays montagneux, où l'état arriéré de l'agriculture concourait avec l'infertilité du sol pour réduire la masse du peuple à se nourrir de blé noir, de maïs et de châtaignes, fut affligé de deux disettes successives. Alors se réveillèrent tous les vieux préjugés contre la libre circulation des grains. Les cours souveraines et les magistrats municipaux, dont l'ignorance en économie politique égalait celle de la multitude, tentèrent d'exhumer, de la poussière de leurs greffes, une foule de dispositions à l'aide desquelles, au lieu de mieux assurer la subsistance publique, on ne produisait que l'effet contraire, en gênant l'action du commerce, en s'opposant à

---

[1] Voyez Lettre au ministre de la guerre sur la milice, tome II, p. 115; et, dans cette lettre, le cas que faisait Turgot des tirades d'éloquence débitées en l'honneur de la gloire militaire (p. 124).

la liberté des approvisionnements, et en violant sans scrupule le droit de propriété dans la personne des cultivateurs. Turgot fit casser toutes les mesures de ce genre par le Conseil, prescrivit la modération et la fermeté à tous les agents sous ses ordres, éclaira le peuple par l'intermédiaire des curés, et ne négligea aucun des moyens qui étaient en son pouvoir pour lui procurer du pain et du travail. Aux secours qu'il obtint du gouvernement, il joignit toutes ses ressources personnelles disponibles, et contracta même un emprunt de 20,000 livres pour le répandre en bienfaits. Il organisa les ateliers de charité de manière que les hommes, les femmes et les enfants pussent y trouver de l'occupation, et leur subsistance à la portée des lieux où on les employait. Il établit des bureaux de charité dans toutes les communes, et leur traça minutieusement leurs devoirs dans une longue instruction qui commence par ces belles paroles : « *Le soulagement des hommes qui souffrent est le devoir de tous et l'affaire de tous.* » En conséquence, la charité fut provoquée dans toutes les classes, et l'égoïsme combattu fortement, même par des mesures coercitives. Si toute l'activité de Turgot, et la liberté du commerce qui ne peut faire des miracles, surtout quand on l'improvise, ne préservèrent pas le Limousin d'une misère cruelle, elles parvinrent du moins à le sauver des horreurs de la famine. Ce grand homme rendit ensuite un compte fort détaillé de toutes ses opérations au contrôleur-général. Dans ce document qui porte, comme tout ce qui est sorti de sa plume, l'empreinte de l'admirable simplicité avec laquelle il faisait le bien, les lignes suivantes sont les seules qui se rapportent à sa personne. Il avait excédé d'environ 90,000 livres le crédit que le ministre lui avait ouvert, et il s'en excuse en ces termes : « J'ose me flatter qu'un déficit de moins de 90,000 livres sur des opérations de plus de 1,240,000 livres vous étonnera moins, et que vous jugerez moins défavorablement de mon économie; peut-être vous paraîtrai-je mériter quelque approbation : c'est la principale récompense que je désire de mon travail[1]. »

---

[1] Voyez *Travaux relatifs à la disette de 1770 et de 1771 dans la généra-*

C'est pendant la durée de son intendance que Turgot rédigea ses plus brillants travaux économiques, ses *Réflexions sur la formation et la distribution des richesses*; l'article *Valeurs et monnaies*, qui paraît avoir été destiné au *Dictionnaire du commerce*, projeté par l'abbé Morellet; le *Mémoire sur les prêts d'argent* et les *Lettres sur la liberté du commerce des grains*, écrits auxquels on pourrait joindre encore le célèbre *Mémoire sur les mines*. Parmi toutes ces productions, dont la valeur relative est immense, et la valeur absolue encore au niveau de nos connaissances actuelles en économie sociale, le traité sur la *Formation et la distribution des richesses* doit particulièrement attirer les regards [1]. D'abord, c'est le catéchisme de la véritable doctrine de Quesnay et de Gournay [2], et

lité de Limoges, tome II, pages 1 et suivantes. — On lit dans l'article *Turgot*, de la *Biographie universelle* : « Les mesures inusitées qu'il crut devoir prendre dans son intendance (relativement à la circulation des grains) donnèrent lieu à de fréquentes révoltes, dans lesquelles il déploya sans doute beaucoup de sang-froid et de fermeté, mais il eût mieux valu s'épargner les occasions de mettre ces vertus en pratique. » — D'abord, il n'y eut pas de révoltes dans le Limousin, mais quelques rassemblements populaires, réprimés par de simples ordonnances de police. Ensuite, le rédacteur de cet article aurait dû savoir, qu'en protégeant la circulation des grains, Turgot n'employait pas son autorité pour défendre ses convictions économiques, mais bien pour faire exécuter la législation en vigueur (celle de 1763 et 1764).

[1] Cet ouvrage eut quatre éditions. La première est de 1766. — Voyez *Lettres inédites*, tome II, page 853.

[2] Les historiens et les économistes sont d'accord pour supposer entre Quesnay et Gournay, et par suite entre Turgot, élève de celui-ci, et le premier de ces deux philosophes, une dissidence dont ils ne rapportent pas la preuve. Il serait cependant bon de s'entendre. En politique, oui, il est incontestable que Turgot se sépare de Quesnay, qui ne voulait aucun contrepoids à l'autorité royale; mais il ne l'est pas moins qu'en économie politique le système de l'un est identique avec celui de l'autre. L'auteur de l'article consacré à Turgot, dans l'*Encyclopédie nouvelle*, a reconnu ce dernier point, mais il ne persiste pas moins à parler de l'*école de Gournay*, par opposition à celle de Quesnay. Mais qu'est-ce que l'école de Gournay ? Ce philosophe, sauf une traduction de Josias Child, n'a rien écrit que des Mémoires aux ministres, qui n'ont pas vu le jour. C'est par Turgot seulement que nous connaissons ses idées, et ce qu'en a dit Turgot n'autorise en aucune manière à prétendre qu'elles différassent de celles du chef de l'École physiocratique. Il est vrai que Dupont de Nemours a commenté dans ce sens une phrase de l'*Éloge de Gournay*. (Voyez la note de la page 266 de ce volume.) Mais, comme Dupont de Nemours n'appuie lui-même ce commentaire d'aucune autorité, il est évident qu'on ne sait rien de positif sur la dissidence prétendue de doctrine entre l'intendant du commerce et le médecin de Louis XV.

l'œuvre qu'il est le plus important de consulter, pour juger du mérite des attaques dont cette doctrine a été l'objet; en second lieu, il n'existe pas, hormis en un seul point qui caractérise le système des physiocrates, d'exposé plus précis, plus élégant et plus clair, des principes généraux de la science, tels qu'ils ont été posés par Ad. Smith lui-même. Qu'on interroge tour à tour Turgot et Smith sur le sens de ces mots : *Valeur, richesse, travail, terre, capital, production directe ou indirecte, population, échange, marchés, débouchés, distribution, salaires, rente, profits, impôt, revenu*, termes qui, selon la remarque d'un de nos maîtres les plus habiles [1], résument toute la science de la richesse, et l'on trouvera, en effet, que l'un et l'autre formulent la même réponse. Il règne entre les deux philosophes le plus parfait accord dans l'analyse secondaire; mais la scission est au point de départ, et elle est profonde.

Il était rationnel que les premiers économistes, lorsqu'ils voulurent étudier la richesse scientifiquement, commençassent par soulever ces deux questions : Quelle en est la nature ? Quel en est le principe ? A la première, ils répondirent qu'il n'y avait pour l'homme d'autre richesse que la *matière*, quand elle était propre à satisfaire ses besoins de nécessité, d'utilité ou d'agrément. Quant à la seconde, ne croyant pas opportun de rappeler ce qui n'était ignoré de personne, que la nature ne fournit rien à notre espèce sans travail, ils affirmèrent que le principe, l'élément primordial, générateur de toute richesse, était la terre. S'ils se fussent bornés à émettre cette proposition, aussi évidente en soi que celle de la nécessité du travail, leur découverte, à coup sûr, n'eût pas été bien méritoire. Mais ces esprits éminents, et leur gloire vient de là, surent en tirer le même parti qu'ont tiré les géomètres de quelques axiomes mathématiques, qui ne sont pas moins à la portée de toutes les intelligences. Par l'examen de cette vérité si simple, que jusqu'alors nul ne l'avait jugée digne de

---

[1] M. Rossi, *Cours d'économie politique*, tome I, page 44.

la plus légère attention, ils découvrirent que le travail agricole se distinguait essentiellement de celui de l'industrie proprement dite. En agriculture, établirent-ils, l'ouvrier produit nécessairement au delà de sa subsistance ; et c'est ce phénomène seul qui a rendu tous les autres travaux, et par conséquent la civilisation, possibles. On ne peut nier, en effet, que, si la providence eût combiné l'ordre économique de telle sorte que les hommes, à mesure qu'ils se multipliaient, n'eussent pu demander au sol que ce qui était indispensable au soutien rigoureux de leur existence, il n'y eût jamais eu dans le monde d'autres occupations que la chasse, la pêche, l'élève des bestiaux et le labourage. Mais, puisqu'il en a été autrement, et qu'à côté de ces industries fondamentales et qui se suffisent à elles-mêmes, il s'en est élevé mille autres qui n'ont pas en soi leur principe d'existence, elles l'ont donc tiré d'ailleurs. Et d'où serait-ce, sinon de cet excédant, de ce superflu de matières premières indispensables à nos besoins, que donne le travail agricole, ou du *produit net* de la terre ? S'il est incontestable, et les physiocrates démontrent cette vérité par des arguments restés jusqu'à ce jour sans réponse concluante, que ce produit net, touché par les propriétaires, sous le nom de rente ou de fermage, soit le fonds sur lequel vivent ces mêmes propriétaires, et subsistent en partie tous ceux qui ne prennent point part aux travaux de l'agriculture, ne doit-on pas reconnaître que le travail agricole est le travail par excellence, ou le ressort, si l'on peut s'exprimer ainsi, qui communique le mouvement à tous les rouages du mécanisme économique de la société ?

Cette théorie, savamment développée par les physiocrates et surtout par Turgot, ne les empêche pas d'admettre la distinction, conçue plus tard par Ad. Smith, entre la terre, le capital et le travail, comme éléments de la richesse. Mais ils ne la considèrent que comme un simple artifice de méthode, parce que, selon eux, le capital dérive de la terre, et que le travail industriel (manufacturier et commercial) n'est qu'un moyen pour conserver et distribuer la richesse, et non pour la produire [1].

Au lieu d'examiner sérieusement cette doctrine des premiers économistes, on a feint de croire qu'ils niaient l'utilité du travail industriel, et l'on a mis à contribution toutes les ressources de la logique et de l'éloquence pour leur démontrer que la toile n'était pas moins richesse que le chanvre ou le lin, et qu'on ne cultiverait ni lin, ni chanvre, si l'on ne pouvait en faire de la toile, ou tirer de ces matières quelque autre produit. En vérité, Gournay, Quesnay, Turgot, Condillac, Condorcet, et beaucoup d'autres, n'avaient pas besoin d'une pareille leçon. Lorsque de tels hommes vinrent poser la grave question : Quel est le principe de la richesse ? à une époque où les métaux précieux en étaient réputés la source et où, par suite de ce préjugé, l'industrie manufacturière et le commerce extérieur excitaient seuls la sollicitude des gouvernements, il ne s'agissait sans doute pas, pour ces philosophes, de rechercher si le travail non agricole était ou n'était point indispensable à notre espèce pour pourvoir à l'infinie variété de ses besoins. Interprété en ce sens, le problème n'eût certainement pas mérité l'honneur d'une discussion ; et, puisqu'on l'a discuté beaucoup cependant, il faut bien qu'on ait compris qu'il avait une autre portée. Il est difficile, en effet, de méconnaître que sa solution domine toute la science économique, si cette science a pour objet de demander à la nature des choses la connaissance des lois qui doivent diriger l'application des forces physiques et intellectuelles de l'homme, pour procurer plus de bien-être matériel à tous les membres de la société. Quoiqu'on ait affirmé cent fois le contraire, les peuples n'ont jamais ignoré que le travail fût nécessaire à l'acquisition de la richesse : ce qu'ils ne savaient pas, c'est qu'on pouvait tout à la fois travailler et ne pas s'enrichir, parce qu'on réglait sa conduite en consé-

[1] Voyez sur ce point, *Éloge de Gournay*, page 266 de ce volume, les observations de Dupont de Nemours.

quence d'idées fausses, parce qu'on se livrait à l'aveugle impulsion de la routine, au lieu de s'éclairer des lumières d'une saine théorie. Voilà ce que les physiocrates voulurent enseigner à leurs contemporains, et ce qu'ils ne pouvaient leur apprendre avant d'avoir étudié le rôle du travail sous toutes ses faces, ou résolu d'une manière rationnelle l'importante question que nous avons rappelée plus haut. Ad. Smith a procédé de même ; mais, faute d'avoir déterminé avec autant de précision que ses devanciers la cause première de la richesse sociale, il est resté bien au-dessous d'eux, on doit le dire, au point de vue de la synthèse. Quelque admirables que soient la plupart de ses analyses, elles manquent d'un principe évident qui les rattache les unes aux autres, les embrasse toutes, les systématise, et permette à l'esprit de saisir d'un coup d'œil sûr l'ensemble des phénomènes économiques. C'est là, au contraire, le côté brillant de la théorie adoptée par Turgot, et qui apparaît surtout dans l'œuvre dont nous allons tenter une rapide analyse.

Toute société, parvenue à l'état de civilisation, se partage nécessairement en trois classes, savoir : 1° la classe *productrice* ou des cultivateurs ; 2° la classe *stipendiée*, qui comprend les agents de l'industrie manufacturière et commerciale, et tous ceux qui, n'appartenant pas à la classe précédente, vivent de salaires ; 3° la classe *disponible* ou des propriétaires du sol. L'auteur la nomme ainsi, parce qu'elle est la seule qui, « n'étant point attachée par le besoin de la subsistance à un travail particulier, puisse être employée aux besoins généraux de la société, comme la guerre et l'administration de la justice, soit par un service personnel, soit par le payement d'une partie de ses revenus, avec laquelle l'État ou la société soudoie des hommes pour remplir ces fonctions[1]. »

---

[1] Il faut répéter ici ce qui a déjà été dit cent fois, que Turgot et les physiocrates n'attachaient aucun sens injurieux à ces expressions de classe *stipendiée* ou de classe *stérile*, appliquées aux travailleurs de l'ordre non agricole. Ils n'eurent jamais la pensée de *dégrader* ces travailleurs par une *dénomination humiliante*, comme l'a prétendu Smith ; reproche bien singulier de la part d'un auteur qui, se

La terre est l'unique source de toute richesse, et les cultivateurs, chaque année, recueillent immédiatement cette richesse des mains de la nature.

Le produit brut annuel de la terre se divise nécessairement
en deux parts : l'une, soit que la circulation s'en opère en nature ou à l'aide de l'argent, sert à rembourser les avances et à
solder les profits et les salaires des cultivateurs ; l'autre est,
sous forme de monnaie, livrée aux propriétaires à titre de
revenu, qui est la richesse que donne la terre au delà des frais
et reprises de ceux qui l'exploitent.

La classe industrielle vit en partie sur le produit net ou revenu de la terre, et en partie sur son produit brut, par l'échange
qu'elle fait de son travail, au moyen de l'argent, avec les propriétaires et les cultivateurs.

Les deux classes laborieuses ont cela de commun, qu'elles
vivent de profits ou de salaires. La classe propriétaire jouit
seule d'un *revenu*, et c'est sur ce revenu, la seule richesse qui
soit *disponible* dans l'État, que l'impôt doit porter exclusivement.

Mais, entre les deux classes laborieuses, « il y a cette différence essentielle », dit Turgot, « que le cultivateur produit
son propre salaire, et en outre le revenu qui sert à salarier la
classe des artisans et autres stipendiés ; au lieu que les artisans
reçoivent simplement leurs salaires, c'est-à-dire leur part de
la production des terres en échange de leur travail, et ne produisent aucun revenu. Le propriétaire n'a rien que par le travail du cultivateur ; il reçoit de lui sa subsistance et ce avec
quoi il paye les travaux des autres stipendiés. Il a besoin du
cultivateur par la nécessité de l'ordre physique, en vertu duquel la terre ne produit point sans travail ; mais le cultivateur
n'a besoin du propriétaire qu'en vertu des conventions et des
lois qui ont dû garantir aux premiers cultivateurs et à leurs hé-
ritiers la propriété des terres qu'ils avaient occupées, lors-
même qu'ils cesseraient de les occuper, et cela pour prix des

plaçant lui-même à un point de vue scientifique analogue, n'hésitait pas à diviser
les travailleurs en *productifs* et *non productifs*.

avances foncières par lesquelles ils ont mis ces terrains en état
d'être cultivés, et qui se sont pour ainsi dire incorporées au
sol même. Mais ces lois n'ont pu garantir à l'homme oisif que
la partie de la production que la terre donne *au delà de la rétribution due au cultivateur.* Le propriétaire est forcé d'abandonner celle-ci, à peine de tout perdre. Le cultivateur, tout
borné qu'il est à la rétribution de son travail, conserve donc
cette primauté naturelle et physique qui le rend le premier
moteur de toute la machine de la société, qui fait dépendre de
son travail seul et *sa subsistance, et la richesse du propriétaire,
et le salaire de tous les autres travaux* [1]. »

Cette théorie générale du mécanisme de la formation et de
la distribution de la richesse a pour complément ces autres
observations, empruntées encore à la nature des choses.

« Le simple ouvrier, qui n'a que ses bras et son industrie,
n'a rien qu'autant qu'il parvient à vendre à d'autres sa peine.
Il la vend plus ou moins cher; mais ce prix, plus ou moins
haut, ne dépend pas de lui seul; il résulte de l'accord qu'il fait
avec celui qui paye son travail. Celui-ci paye le moins cher
qu'il peut; comme il a le choix entre un grand nombre d'ouvriers, il préfère celui qui travaille au meilleur marché. Les
ouvriers sont donc obligés de baisser le prix à l'envi les uns
des autres. En tout genre de travail, il doit arriver, et il arrive
en effet, que le salaire de l'ouvrier se borne à ce qui lui est
nécessaire pour lui procurer la subsistance [2]. »

De cette doctrine, féconde en conséquences de la plus haute
portée dans l'application, il résulte que, si l'on considère toutes
les nations diverses comme n'en formant qu'une seule, hypothèse où se sont toujours placés les physiocrates qui recherchaient les principes immuables de la science pure, et non les
règles plus ou moins changeantes de l'économie politique appliquée, il n'y a pas d'autre *valeur* [3] annuellement créée dans

[1] *Réflex. sur la form. et la distrib. des richesses*, § 17, tome 1, page 15.
[2] *Ibid.*, § 6, page 10.
[3] Nous disons valeur, et non *richesse.* Nous renvoyons ceux qui ne nous com-
prendraient pas à l'étude attentive du Traité de Turgot et à ses *Observations sur
le Mémoire de M. Graslin*, page 454 de ce volume.

le monde que celle du *produit net* de la terre ; que c'est de cet
excédant seul de la production sur la consommation agricole
que les propriétaires tirent leur revenu, les industriels de toutes
les classes leurs profits et une partie de leurs salaires, les hommes voués aux professions libérales leurs honoraires ou leurs
traitements, et la société enfin l'ensemble des ressources que,
sous le nom d'impôt, elle consacre à ses besoins : vérité à laquelle, après plus d'un demi-siècle de contestations, Malthus
est venu rendre hommage dans les termes suivants :

« Le fermage n'est-il pas une partie, et nous verrons bientôt
que c'est une partie absolument nécessaire, de ce *produit net*
de la terre, qui a été avec raison considéré comme la source
de tout pouvoir et de toute jouissance, et sans lequel il ne pourrait y avoir ni villes, ni forces militaires ou navales ; sans lequel
il n'y aurait point d'arts, de savoir, point d'ouvrages d'un travail exquis, point d'objets utiles et de luxe tirés des pays étrangers ; sans lequel, en un mot, rien ne pourrait exister de ce
qui constitue une société cultivée et élégante, qui, non-seulement, donne de l'élévation et de la dignité aux individus, mais
dont l'influence salutaire s'étend jusque dans toute la masse
du peuple [1] ? »

Il n'y a de valeur annuellement créée que celle du produit
net de la terre, parce que, comme le dit Turgot, s'appuyant en
cela sur la nature des choses, l'artisan, quoi qu'il fasse, ne
peut que donner de nouvelles formes à la matière. Il y incor-
pore son travail et gagne par là sa subsistance, mais il ne la
produit pas. S'il la produisait, il faudrait en conclure qu'il n'a
pas besoin du cultivateur, ce qui est absurde. Sans doute, si
l'on prend le mot *produire* dans le sens de créer, le laboureur
crée encore moins les matières brutes qu'il recueille, que l'artisan la toile ou le drap qu'il fabrique. Mais là n'est pas la
question. Les premiers économistes ne tentaient pas d'établir
qu'un valet de charrue fût, en tant qu'homme, supérieur à un
ouvrier de manufacture, et encore moins, bien qu'on leur en
ait adressé le reproche, à un savant, à un artiste ou à un lit-

---

[1] *Principes d'économie politique*, tome I, pages 197 et 198.

térateur. Ce qu'ils voulaient signaler, c'était l'immense différence qui existe entre les résultats du travail agricole et du
travail industriel. L'honneur qui leur revient, c'est d'avoir eu
l'initiative dans le développement de cette importante proposition : «Appliquez avec intelligence des capitaux à la terre,
et vous aurez salaires, profits et rente; appliquez-les à la manufacture et au commerce, et vous n'aurez que des salaires et
des profits. » Pourquoi ? C'est qu'en agriculture, fait observer Turgot, «la nature ne marchande point avec l'homme
pour l'obliger à se contenter du nécessaire absolu. Ce qu'elle
donne n'est proportionné ni à ses besoins ni à une évaluation
conventionnelle du prix de ses journées; c'est le résultat
physique de la fertilité du sol et de la justesse, bien plus que
de la difficulté, des moyens qu'il a employés pour le rendre
fécond [1]. » C'est, a répété Ad. Smith, que, «dans la culture des
terres, la nature travaille conjointement avec l'homme; et
que, quoique son travail ne coûte aucune dépense, ce qu'il produit n'en a pas moins sa valeur, aussi bien que ce que produisent les ouvriers les plus chers [2]; » au lieu que, dans l'industrie, la nécessité veut qu'il y ait toujours balance entre la
valeur échangeable (la seule dont la science ait à s'occuper ici)
que l'homme ajoute à la matière brute qu'il façonne, ou aux
produits qu'il transporte, et la somme de ses consommations,
réglées sur la nature de son emploi, pendant la durée du travail [3].

---

[1] *Réflexions sur la formation et la distribution des richesses*, § 7, tom. I,
page 11.

[2] *Richesse des nations*, tome I, page 455. — Nous croyons qu'il serait facile
d'établir que la doctrine de Smith ne diffère pas en réalité de celle de Turgot et des
physiocrates. Les derniers ne méconnaissaient pas plus la puissance productive du
travail, que le premier celle de la terre. L'opinion, prêtée à l'illustre écrivain anglais, que le travail est la source unique de la richesse, est si peu la sienne, que,
pour désigner cette même richesse, il se sert habituellement de cette périphrase:
le produit annuel de la terre et du travail. Du reste, Mac Culloch et Buchanan
conviennent que Smith n'a pas été heureux dans la réfutation qu'il a tentée du
système des économistes. (Voyez *Richesse des nations*, tome II, pages 522 et
suivantes, les notes de ces auteurs.)

[3] Croire que l'ouvrier puisse jamais gagner beaucoup plus que sa subsistance,
en prenant ce mot dans l'acception que lui donne la langue économique, c'est-à-

Que si, maintenant, l'on ne tient plus compte de l'hypothèse des physiocrates, qu'on passe de l'économie politique rationnelle à l'économie politique appliquée, qu'au lieu de donner le monde pour théâtre à la science, on en resserre le champ dans tel ou tel pays, dans telle ou telle localité, nul doute que la théorie du produit net ne reçoive des faits un démenti apparent. Au fond, toutefois, ces faits n'en infirment pas plus la valeur, que les circonstances particulières qui contrarient les lois de la mécanique pure, ne portent atteinte à l'exactitude des principes que cette dernière science a démontrés. C'est ce que Turgot explique parfaitement, dans ses *Observations sur le Mémoire de M. Graslin* [1] (sorte d'*Appendice* au *Traité de la formation et de la distribution des richesses*), champion du système mercantile, qui avait cru soulever une objection victorieuse, contre le principe du produit net, en s'écriant : « Si l'industrie et le commerce ne produisent aucune richesse, comment les nations,

---

dire beaucoup plus que ce qui lui est indispensable pour préserver lui-même et sa famille du besoin, en sachant la contenir dans de justes bornes, c'est caresser une chimère. La rente territoriale et le profit du capital, déductions nécessaires, et par conséquent légitimes, il faut le déclarer, que supportera toujours le simple travailleur, s'opposent à cette utopie d'une manière invincible. Sans doute, si la population ouvrière se maintenait dans un juste rapport avec le capital circulant, il y aurait sans cesse du travail pour tout le monde, ce qui serait une amélioration importante, et le salaire hausserait, ce qui en serait une seconde ; mais il ne faut pas croire, toutefois, que le salaire entamerait, d'une manière bien sérieuse, la rente et le profit. Si le contraire arrivait, l'intérêt à accumuler des capitaux diminuant, il s'en formerait moins ; l'équilibre dont nous avons parlé serait rompu, le salaire baisserait de nouveau, et l'on retomberait bientôt dans la situation où l'on se trouve aujourd'hui. L'amélioration du sort des classes laborieuses nous paraît donc tenir essentiellement à ces trois conditions : 1º Moralité et prudence de leur conduite ; 2º suppression de tous les monopoles *artificiels* qui exagèrent le profit et portent la perturbation dans l'ordre économique ; 3º assiette et répartition de l'impôt conformes à la justice, loi suprême dont l'État doit le premier exemple aux individus. Quant au mystérieux programme de l'*association et de l'organisation du travail,* qu'il faut traduire par ces mots : abolition de la rente et du profit ; suppression radicale de la propriété ; Dieu préserve le peuple de prendre jamais cette formule séduisante au sérieux, car il apprendrait à ses dépens que ce vers de Virgile :

  Quidquid delirant reges, plectuntur Achivi,

n'est pas moins applicable aux aberrations des philosophes qu'aux folies des têtes couronnées.

[1] Pages 434 et suivantes de ce volume.

qui ne sont qu'industrieuses et commerçantes, vivent-elles?
Comment s'enrichissent-elles? Si l'impôt ne peut être pris que
sur le produit net des terres (conséquence de la doctrine de
Quesnay), comment ces nations payent-elles des impôts? Est-
ce que l'industrie serait richesse dans un État commerçant,
et ne serait pas richesse dans un État agricole? » Et, pour
justifier cette opinion, l'auteur citait Tyr et Carthage dans
l'antiquité; Hambourg, Venise, Gênes, la Hollande dans les
temps modernes.

Turgot répond, en substance, qu'on interprète ici le mot richesse dans un sens que l'école ne lui a pas donné. Il faut distinguer, dit-il, entre les biens (*bona*), qui sont tout objet de jouissance, de possession, de désir, de besoin; les valeurs (*merces*),
toute chose susceptible d'échange et d'évaluation; les richesses (*opes*), tout bien commerçable, tout objet de jouissance
qui a une valeur; le *revenu* enfin, qui est la richesse que donne
la terre au delà des frais et reprises de ceux qui la cultivent.
Il y a des biens, comme l'eau par exemple, qui n'ont pas de
valeur. Le travail a de la valeur, mais n'est pas lui-même un
bien. Des graines, des étoffes, sont des richesses. Ce qu'un
fermier rend au propriétaire d'une terre est un *revenu*.

Il n'y a rien d'étonnant, ajoute-t-il, que les peuples qu'on a
cités, favorisés par une position géographique toute particulière, qui a rendu leur territoire des lieux d'entrepôt du commerce le plus étendu; mis en possession d'un monopole naturel
qu'ils ont exploité habilement, aient pu donner à leur travail
une haute valeur et acquérir, par ce moyen, joint à une grande
économie, des richesses considérables. Ce sont des gens qui ont
touché des salaires très-supérieurs à leurs besoins, et qui, par
l'épargne, ont accumulé des capitaux dont l'abondance, en
amenant la baisse de l'intérêt de l'argent, leur a offert de nouvelles facilités pour s'enrichir. Mais ces forts salaires, à
l'aide desquels ils ont pu acquitter toutes leurs dépenses publiques, « ils ne les ont pas *produits*, ni les *richesses* qui les payent;
ils les ont légitimement gagnés par leur travail, que leur
situation a rendu à la fois lucratif pour eux, utile à ceux qui

les emploient; il les ont gagnés comme les commissionnaires
de nos grandes villes gagnent le leur; ils leur ont été payés, en un mot, sur le produit net de l'agriculture des autres
peuples. »

Il n'y a pas, d'ailleurs, expose enfin Turgot, de nations qui
soient industrieuses et commerçantes par opposition à l'agriculture, et de nations qui soient agricoles, non plus, par exclusion de l'industrie et du commerce. On n'est tombé dans cette
erreur, que parce que l'on a confondu le mot de nation avec
celui d'*État* ou de *corps politique*, qui n'entraîne d'autre idée
que celle de la réunion d'un certain nombre d'hommes sous
un même gouvernement. Mais ce fait n'est pas le signe caractéristique de la nationalité, et elle n'existe, à vrai dire, que
chez un grand peuple répandu sur un vaste territoire qui fournit, d'une manière directe ou indirecte, aux besoins de tous les
habitants; où l'agriculture tire du sol la subsistance et les matières premières par lesquelles l'homme pourvoit aux nécessités
et aux commodités de la vie; où l'industrie met ces matières
premières en œuvre et les transforme de mille façons diverses;
où le commerce enfin rapproche les consommateurs des producteurs, épargne la peine réciproque de se chercher aux uns
comme aux autres, et assure à tous la faculté de trouver la
denrée qu'ils désirent au lieu et au moment où ils en ont besoin.
Partout où ces données ne se rencontrent pas, c'est-à-dire où
le territoire ne produit point un large superflu de matières
premières et surtout de subsistances, on peut dire que l'État
manque d'un principe de vitalité qui lui soit propre. Il n'y a là
qu'une richesse et une puissance d'emprunt, parce qu'elles reposent tout entières sur des circonstances extérieures dont rien
ne peut garantir la durée, et qu'elles sont soumises, au contraire,
à la double influence des révolutions politiques et économiques
qui, d'un siècle à un autre, viennent changer la face du monde.
Il n'y a pas là de nations en un mot, mais seulement de petits
peuples salariés, qui prospèrent selon le degré d'importance
qu'on attache à leurs services, et tant qu'ils peuvent vendre ces
services aux véritables nations. Mais supposez-les privés de

cette ressource, et bientôt leur grandeur éphémère n'aura plus d'autre mesure que celle de l'étendue et de la fertilité de leur territoire. C'est ainsi qu'est disparue sans retour la puissance commerciale de toutes les républiques italiennes, et qu'on cherche même aujourd'hui l'emplacement de la plupart de ces cités florissantes qui, sous le nom de ligue Anséatique, accumulèrent tant de richesses au moyen âge.

Par ce qui précède, il est facile d'apercevoir que le système de Turgot et des physiocrates tient surtout à la double acception que l'école donnait au mot *richesse*. Lorsqu'ils ne considéraient la richesse que par rapport à l'individu, les premiers économistes prenaient ce terme dans sa signification vulgaire, et l'appliquaient à tout ce qui peut, soit directement, soit indirectement, satisfaire les besoins de l'homme. Alors, ils ne distinguaient pas entre la substance et la forme de ce qui est utile. Mais ils croyaient cette distinction importante, lorsqu'ils passaient de l'individu à la société prise dans son ensemble; et, dans ce dernier cas, ils n'appelaient plus richesse que le fondement, le *substratum*, l'essence de la valeur, ou la matière. Or, de ce point de vue, la conséquence que le travail agricole est productif, et l'industrie stérile, devient rigoureuse. Seulement, il faut bien se garder d'interpréter cette dernière épithète dans le sens d'*inutile*, contre lequel protestent tous les écrits de l'école[1], et particulièrement ceux de Turgot.

Pour démontrer que ce point de vue n'était pas rationnel, on s'est égaré dans une foule d'arguments qui n'aboutissent en définitif qu'à cette affirmation : «Sans le travail qui approprie la matière aux besoins, et sans ces besoins qui lui donnent de la valeur, elle ne serait qu'une chose inutile et sans valeur, c'est-à-dire l'opposé de la richesse[2].» Au fond, cela ne signifie rien autre chose, sinon que le pain, la toile, les souliers, etc., ne sortent pas tout faits des mains du cultivateur.

---

[1] Voyez l'*Analyse économique* de l'abbé Baudeau, pages 173, 174; — la *Philosophie rurale*, du marquis de Mirabeau, tome I, pages 4, 5 et 21; — l'*Ordre essentiel des sociétés*, de Mercier de La Rivière, tome II, p. 446, etc.

[2] Storch, *Cours d'économie politique*, tome I, page 107.

Mais cette vérité, que ne niaient pas les physiocrates, empêche-t-elle que la substance même de l'utile, de la richesse, ne soit le produit exclusif du travail agricole ? Et, s'il en est ainsi, comment ne pas reconnaître que l'importance économique de ce travail est supérieure à celle des manufactures et du commerce, qui n'en sont que le complément ? Si l'on porte ses regards sur tout le globe, abstraction faite de son état de morcellement entre les peuples divers [1], il est évident que la richesse ne saurait s'y accroître que proportionnellement au développement de l'agriculture. Comment la quantité des produits industriels augmenterait-elle, si la somme des produits bruts restait stationnaire ? Que si l'on ne considère que telle ou telle nation en particulier, il est certain encore que les bénéfices qu'elle peut retirer de la vente de ses services manufacturiers ou commerciaux aux autres peuples, ne sauraient entrer en parallèle avec les avantages inhérents à l'exploitation du sol, surtout si elle possède un territoire fertile. Une nation n'est, en effet, qu'une personne collective qui a le choix de commercer de son travail, soit avec la nature même, soit avec les autres hommes. Dans le premier cas, son travail est une valeur qui n'est jamais payée au rabais, et qui est pourvue d'un débouché certain ; tandis que, dans le second, c'est tout le contraire qui a lieu, et qu'il peut arriver même que, faute d'emploi, ce travail, ou plutôt cette faculté de travail, cesse d'être une valeur. D'ailleurs, la population tendant en tout pays à déborder la masse de produits bruts nécessaires à son existence, et les produits bruts étant, en dernière analyse, la seule chose qui s'échange contre du travail humain, il y a nécessité physique que tout grand peuple, toute nation véritable, tire de son sol, par l'échange direct ou indirect de ses produits territoriaux contre ceux des autres peuples, la presque totalité des matières premières qui entre-

---

[1] « Quiconque, écrivait Turgot en 1770, n'oublie pas qu'il y a des États politiques séparés les uns des autres et constitués diversement, *ne traitera jamais bien aucune question d'économie politique.* » (Voyez *Correspondance*, lettre VIII, tome II, page 800.)

tiennent la vie dans le sein du corps social. En manufactu-
rant ces produits, on rend, de virtuelle effective, l'utilité qui
existait dans la matière, on transforme sa richesse conformément aux vues de la nature, mais on ne l'augmente pas, parce
que la plus-value des ouvrages de fabrication au delà de la
matière première de ces mêmes ouvrages, n'équivaut qu'à la
somme de toutes les dépenses ou consommations faites en produits agricoles par les travailleurs ; et que, si le coût d'un objet fabriqué vaut 1 de matière première et 4 en dépense de
main-d'œuvre, le gain social ne peut, sans double emploi, se
composer de l'addition de ces deux valeurs. Objecter que les
manufacturiers, les commerçants et tous ceux, en un mot, qui
sont en dehors de la classe propriétaire et de la classe agricole,
réalisent des épargnes sur leurs profits ou sur leurs salaires, ce
n'est pas prouver que la société s'enrichisse par le travail
qu'ils exécutent; car ces épargnes, qui ne représentent qu'une
certaine quantité des productions annuelles du sol, seraient
restées entre les mains des propriétaires et des agriculteurs si,
par suite de circonstances dont les unes dérivent de la nature
des choses, et les autres n'en dérivent point, elles n'étaient
passées en la possession de la classe industrielle et libérale.

De ce système, qui accepte comme nécessaires, et par suite
utiles au bien général de la société, le fait de l'appropriation
inégale et individuelle du sol, celui de l'inégalité des conditions qu'il entraîne, et le droit pour chacun de disposer d'une
manière absolue du produit de son travail, de le donner, de le
vendre, de l'échanger et de le transmettre à sa famille, Turgot tire, avec Quesnay et Gournay, trois conséquences principales :

La première, que l'homme n'a pas de droit plus important que
celui d'user de ses capitaux fonciers et mobiliers, de ses bras et
de son intelligence, de la manière qu'il juge le plus convenable à
son intérêt; et que toute atteinte à l'exercice de ce droit est,
non-seulement une injustice commise contre l'individu, mais
un acte qui tourne au détriment de la société. Sans l'entière
liberté du travail, qui implique celle du commerce intérieur et

extérieur, nul moyen de donner des bases équitables à l'é-
change de ce travail contre les productions annuelles du sol.
Les nations s'oppriment respectivement, au grand dommage
de toutes; et, au sein de chaque nation, une partie de la société est continuellement sacrifiée à l'autre, au préjudice de
toutes les deux. Tantôt les productions manquent de débouché, tantôt le travail reste sans emploi; et, de là, une foule de
souffrances individuelles qui réagissent d'une manière désas-
treuse sur le corps social.

La seconde est, comme on l'a vu déjà, que le propriétaire,
qui seul possède un *revenu* ou une richesse *disponible*, dont
l'existence n'est pas indispensable à l'entretien du travail productif de la société, doit porter tout le poids de l'impôt. Il n'y
a rien à demander au salarié, parce que le salaire n'équivaut
qu'à la subsistance de celui qui le reçoit, et rien à demander
non plus au capitaliste, par la raison que cette demande serait
illusoire, et qu'il saurait toujours retrouver, dans la hausse de
l'intérêt ou du loyer de son argent, la compensation des sacrifices qu'on s'imaginerait lui imposer au profit de l'État.

La troisième, enfin, est la prééminence de la grande culture sur la petite, parce que la première donne un produit
net bien supérieur à la seconde, et qu'il arrive même souvent
que celle-ci est dans l'impuissance de payer le travail du
cultivateur[1].

Après avoir exposé ces principes généraux sur la formation
et la distribution de la richesse, et décrit les modes successifs
de culture appliqués à la terre, exploitation par ouvriers à
salaire fixe, par esclaves, par vassaux devenus propriétaires
à la charge d'une redevance annuelle en denrées ou en monnaie, par métayers partageant les fruits avec le maître du sol
qui fournit les semences, le bétail et les instruments ara-
toires, enfin par le fermage où le cultivateur exploite avec
ses propres capitaux, l'auteur aborde les questions de détail

---

[1] Cette question est traitée *passim* dans les écrits de Turgot, et principalement
dans l'*Avis sur l'imposition de la taille de* 1766, pages 541 et suivantes de ce
volume.

et les passe toutes en revue avec une profondeur et une lu-
cidité d'analyse dont jusqu'à lui personne n'avait encore donné
l'exemple. La nécessité de l'échange, celle de la division du
travail et ses effets, la naissance et la formation du commerce,
la classification de ses divers agents, l'origine et la nature
de la monnaie, les causes qui ont fait consacrer les métaux
précieux à cet usage, la révolution produite par l'introduction
de l'or et de l'argent dans le commerce, la notion de la valeur
en usage et de la valeur en échange, celle du capital et la
description de ses divers modes d'emploi, le partage nécessaire des deux classes laborieuses en chefs capitalistes et en
simples travailleurs, la légitimité de l'intérêt de l'argent, l'impuissance de la loi humaine pour en fixer le taux, les lois
économiques qui le déterminent, et enfin l'analyse de tous
les éléments de la richesse nationale, voilà les thèmes divers
que la plume de Turgot a su relier avec un art admirable,
pour en former un ensemble scientifique auquel la précision
la plus lumineuse sert de cachet. Jamais plus d'idées justes,
sur pareille matière, ne furent concentrées en moins de pages.
Il n'y a pas, sans doute, dans cette œuvre, tout le livre
d'Ad. Smith, de même que tout le tableau d'un grand maître
n'existe pas sur la toile, quand son génie n'a fait qu'en tracer
l'ébauche ; mais supposez que cette ébauche soit terminée
par un artiste d'un mérite égal, et peut-être aurez-vous une
opinion exacte de la part respective de gloire qui appartient
à l'élève de Gournay et au philosophe de Glascow. Esprit plus
généralisateur, le premier pose les principes fondamentaux
de la science ; tandis que le second, doué surtout de la faculté
de l'analyse, en déduit avec une sagacité profonde les nombreuses conséquences : on peut disputer sur le plus ou moins
de valeur de ces deux tâches ; mais il nous semble qu'aucune des deux n'a le droit de faire oublier l'autre [1].

[1] Le *Plan d'un Mémoire sur les impositions*; la *Comparaison de l'impôt
sur le revenu avec l'impôt sur les consommations*; les *Observations sur le
Mémoire de M. de Saint-Péravy, et sur celui de M. Graslin*, œuvres malheureusement incomplètes, sont encore d'un haut intérêt. On peut les considérer comme

L'article *Valeurs et monnaies*, le *Mémoire sur les prêts d'argent*, les *Lettres sur la liberté du commerce des grains*, et le *Mémoire sur les mines*, sont des monographies brillantes, où la profondeur de la pensée philosophique s'unit à l'intelligence de tous les détails de la vie positive des sociétés. Ces savants travaux, modèles du genre d'élocution qui convient le mieux aux matières économiques, suffiraient seuls pour placer l'auteur au rang des maîtres les plus illustres de la science; et, à l'époque où ils parurent, l'Angleterre n'avait certainement rien de pareil à leur opposer. Turgot avait tout dit, avant Bentham, sur la légitimité du prêt à intérêt; et l'ironie piquante qu'il emploie contre les subtilités des scolastiques et des légistes, repoussant d'un commun accord un contrat amené par la civilisation et nécessaire à son progrès, rappelle cette gaieté, si forte de raison, avec laquelle Pascal combattait les jésuites[1].

Le *Mémoire sur les mines*, qu'il faut distinguer même parmi les meilleurs écrits de Turgot, offre cette particularité remarquable, que l'illustre administrateur y professe, sur la législation de la matière, et sur le droit de propriété en général, des idées que Napoléon est venu reproduire, au sein du Conseil d'État, dans la longue et célèbre discussion de la loi du 21 avril 1810[2].

Le 10 mai 1774 vit finir le règne honteux de Louis XV. Avec Louis XVI, monta sur le trône le vieux comte de Maurepas, rusé courtisan qu'une épigramme décochée contre madame de Pompadour tenait depuis vingt-cinq ans dans l'exil; et de ce jour la monarchie féodale, frappée au cœur par Richelieu, entra dans la dernière période de sa décadence. Alors même que le nouveau roi n'eût pas été imbu de principes tout différents de ceux de son aïeul, la recomposition

autant de commentaires du *Traité de la formation et de la distribution des richesses*.

[1] On peut se faire une idée de la déraison savante des scolastiques et des légistes, dans le *Traité de l'usure*, de Pothier. (Voyez les OEuvres de ce jurisconsulte, tome VI, page 161, édition de 1819.)

[2] Voyez *Mémoire sur les mines et carrières*, et les notes que nous y avons jointes, tome II, pages 150 et suivantes.

générale d'un ministère qui avait prostitué le pouvoir dans les antichambres de madame du Barry, et qui était encore plus odieux à la nation que cette courtisane même, devenait une nécessité [1]. C'est par suite de cette nécessité que Turgot succéda, le 20 juillet 1774, à l'obscur ministre de la marine de Boynes, et fut nommé, le 24 août suivant, contrôleur-général à la place de l'abbé Terray. Il ne faudrait pas en induire, néanmoins, que ce choix eût été dicté par l'opinion publique, et qu'il ait eu d'abord beaucoup de retentissement. Quoique célèbre dans sa province, quoique en honneur à Paris auprès des philosophes, des gens de lettres et de plusieurs membres de la haute administration, le nom de l'intendant de Limoges était, et devait être par la force même des choses, presque ignoré de la ville et de la cour. Qui aurait pu l'apprendre à la masse, en effet, à une époque où il était défendu d'écrire sur les matières d'administration, où l'on manquait de journaux quotidiens, et où la presse se composait exclusivement de recueils périodiques livrés à l'omnipotence de la censure? Sous un tel régime, n'était-il pas inévitable que les talents, comme l'incapacité, de quiconque n'occupait pas un des premiers postes de l'État, ne fussent jamais mis en évidence? Ce fut donc une circonstance tout à fait accidentelle qui décida de l'entrée de Turgot au ministère. L'abbé de Véry, qu'il avait eu pour condisciple en Sorbonne, exerçait une grande influence sur madame de Maurepas, qui jouissait elle-même d'un empire absolu sur le vieillard que Louis XVI venait de prendre pour mentor. Lors-

---

[1] Les membres du cabinet, à la mort de Louis XV, étaient : 1° le chancelier Maupeou, ayant les sceaux ou le département de la justice ; 2° l'abbé Terray, au contrôle-général ; 3° le duc d'Aiguillon, successeur de Choiseul et amant de Mme du Barry, au ministère de la guerre et des affaires étrangères ; 4° de Boynes à la marine ; 5° enfin le duc de La Vrillière, ayant le département de la maison du roi et la délivrance des lettres de cachet. — Ils ne tardèrent pas à être remplacés, savoir : Maupeou par Hue de Miroménil ; Terray par Turgot ; le duc d'Aiguillon, par le comte du Muy à la guerre, et par le comte de Vergennes aux affaires extérieures ; de Boynes par M. de Sartine ; et le duc de La Vrillière, beaucoup plus tard, par Malesherbes. — Le maréchal du Muy étant mort, le comte de Saint-Germain lui succéda le 24 octobre 1775.

qu'il fut question du renvoi de de Boynes, l'abbé parla de son ami à la comtesse avec tant de chaleur, que celle-ci pressa vivement le premier ministre d'appeler à la marine l'intendant de Limoges. Maurepas, qui savait le candidat présenté par sa femme sans aucun appui à la cour, qui était loin de soupçonner la noblesse et la fermeté de son caractère, qui croyait en outre se concilier par là le parti des gens de lettres dont il ambitionnait les suffrages, quoiqu'il n'eût aucun goût pour leurs idées de réformes, ne souleva pas d'objections contre ce projet, et laissa la France profiter ainsi du hasard providentiel qui portait Turgot au pouvoir.

Avant d'exposer l'usage que devait en faire ce philosophe qui méditait depuis un quart de siècle sur l'organisation politique, économique et morale des sociétés, jetons un coup d'œil sur le tableau que la nôtre avait offert pendant tout le règne de Louis XV.

Dans l'ordre politique, nul progrès n'avait eu lieu depuis le règne précédent. Loin de là, la France était abaissée au dehors; et au dedans l'autorité royale, puissante sous Louis XIV, s'était affaiblie et dégradée entre les mains de son successeur. Elle ne comptait plus, il est vrai, avec la noblesse, depuis que cette dernière avait échangé sa redoutable indépendance contre la livrée, les faveurs et les plaisirs de la cour; mais il n'en était pas de même à l'égard du clergé et du Parlement, qui avaient reconquis et se disputaient une influence funeste sur les affaires de l'Etat. Le premier de ces deux corps, sous prétexte de défendre la religion, troublait sans cesse l'ordre public par des scènes de fanatisme atroces ou ridicules; le second, sous prétexte de sauvegarder les intérêts du peuple, ne savait que protéger les abus et s'opposer à toutes les réformes utiles que le pouvoir, cédant à la nécessité, tentait d'accomplir [1]. Alors, ce même pouvoir, faible parce qu'il

[1] Il suffira sans doute, pour justifier ces inculpations, de citer les faits suivants :

Les querelles suscitées par la bulle *Unigenitus* durèrent depuis la fin du règne de Louis XIV jusqu'en 1762. époque de la destruction des *jésuites*.

La folie des *convulsions*, qui datait de 1727, n'avait pas cessé en 1759.

était tout à la fois ignorant, égoïste et immoral, ne sortait
d'embarras que par des transactions honteuses, et n'avait
d'autre système que de vivre au jour le jour, rêvant un despotisme qu'il n'avait pas le courage de saisir. Plus tard,
néanmoins, sa position devenant intolérable, il ose frapper
un coup d'Etat et brise les Parlements (1771); mais cette
mesure, qui n'est suivie d'aucune amélioration réelle, accroît
l'irritation des esprits, sans rendre sa marche moins pénible
et plus sûre. La tyrannie ne sert qu'à consolider le désordre,
et à mettre plus en évidence les formes sous lesquelles il
se manifeste de toutes parts. Dans les *pays d'élection*, absence
complète de libertés provinciales; dans les *pays d'États*,
quelques membres du haut clergé, les possesseurs de fiefs,
et des officiers municipaux qui ne sont pas élus par le tiers,
ne composent qu'une représentation illusoire. Dans les uns
comme dans les autres, les attributions des intendants sont
mal déterminées et leur pouvoir presque discrétionnaire.
Les charges municipales continuent de se vendre à prix
d'argent, comme celles de la maison du roi et des princes,
comme les offices de judicature, et comme les grades dans

1724. — Aggravation de l'édit de Nantes. — 1746. On comptait plus de deux
cents protestants condamnés aux galères par le seul Parlement de Grenoble. —
1749. *Billets de confession* exigés par l'archevêque de Paris. — 1752. Le Parlement fait saisir le temporel de l'archevêque. — Le clergé déclare à Louis XV que
sa dignité l'élève au-dessus du genre humain, mais qu'il doit baisser la tête devant les prélats. — 1755. Le Parlement fait brûler, par la main du bourreau, une
instruction pastorale de l'archevêque de Troyes. — 1757. Peine de mort portée
contre les auteurs d'écrits tendant à attaquer la religion, ou à troubler la tranquillité de l'Etat. — 1762. Exécution d'un pasteur protestant, et meurtre juridique
de Calas, par arrêts du Parlement de Toulouse. — 1764. Mandement de l'archevêque
de Paris, brûlé par ordre du Parlement de la même ville. — 1765. Le clergé ré-
clame l'inspection de la librairie. — 1766. Condamnation au supplice de la roue,
du chevalier de La Barre, pour cause de sacrilége. — 1768. Colporteurs de livres
défendus, marqués et envoyés aux galères.

Enfin, le clergé et le Parlement, depuis que Louis XV était sur le trône, ne
s'étaient jamais trouvés d'accord que pour faire la guerre à la pensée bonne ou
mauvaise*, maintenir l'exécution de lois absurdes ou sanguinaires, et protester
contre tout acte du pouvoir qui tendait à une répartition plus équitable des
charges publiques.

* L'*Esprit des lois* n'avait pas plus trouvé grâce devant le clergé que le *Système
de la nature*.

l'armée de terre et de mer. Dans plusieurs provinces, la servitude personnelle subsiste encore. La justice civile n'a toujours d'autre base que les coutumes et de gothiques ordonnances refondues par les légistes de Louis XIV; la justice criminelle porte toutes les traces de la plus épouvantable barbarie [1]; et des commissions spéciales, ou des tribunaux exceptionnels, peuvent décider de la fortune et de la vie des citoyens; des lettres de cachet les enlever à leur famille, à leurs amis, à la société, ni sans information jugement. Cependant, au moyen des *lettres d'abolition*, les coupables privilégiés ou riches échappent à la vindicte des lois; et au moyen des *lettres de répit*, ils se dispensent de payer leurs dettes. Tous les services publics qui n'intéressent pas la cour sont en souffrance : les prisons et les hôpitaux offrent un spectacle hideux; les routes sont dans un perpétuel état de délabrement, et le peuple, en un mot, ne connaît l'action de l'autorité que par les vexations qu'elle le force de subir. Au sein de tant de misères, c'est dans les rangs des économistes qu'il faut chercher les plus dignes défenseurs de l'intérêt général, car Voltaire, à la tête des encyclopédistes, se riait plutôt de tous les abus qu'il ne cherchait sérieusement à les détruire [2].

Dans l'ordre économique, le chaos qu'avait signalé la voix courageuse de Boisguillebert et de Vauban, se maintenait toujours.

Le système de Law, après avoir imprimé à l'industrie et au commerce, une sorte de mouvement galvanique qui ne tarda pas à s'éteindre, n'avait laissé derrière lui, pour résultat réel, qu'une banqueroute monstrueuse, le bouleversement général des fortunes particulières, et dans tous les cœurs une surexci-

---

[1] Lisez l'Ordonnance criminelle de 1670, et surtout ses commentateurs.

[2] La légèreté de Voltaire, la versatilité de ses opinions, et sa monomanie irréligieuse, ne doivent pas faire oublier toutefois que, pendant le cours de sa longue carrière, il ne cessa de combattre pour la cause de la tolérance, c'est-à-dire d'être le défenseur infatigable de la liberté de l'esprit humain. En outre, sa philosophie ne doit pas se confondre avec celle de Diderot, de Raynal, d'Helvétius et autres déclamateurs.

tation de cupidité qu'on aurait tort de confondre avec le désir honnête de s'enrichir par le travail. S'il en sortit quelque encouragement à l'esprit de négoce, on le paya d'autant plus cher que le directeur de la Banque et de la Compagnie des Indes, plein de la théorie de la balance du commerce, avait accrédité en même temps toutes les idées de réglementation, de privilége et de monopole, qui en sont la conséquence.

Quoi qu'il en soit, treize contrôleurs-généraux, parmi lesquels plusieurs ne manquèrent ni de capacité, ni d'amour du bien, avaient succédé à Law, sans qu'il eût été apporté d'améliorations sérieuses dans l'assiette et la répartition de l'impôt, ni dans l'ensemble du régime économique qui depuis si longtemps entravait la prospérité de la France.

La taille, la capitation, et les vingtièmes (qui avaient remplacé le dixième), continuaient de peser, sur les villes et les campagnes, avec la même inégalité que dans le siècle précédent. Pour soulager les dernières, accablées encore du fardeau de la dîme, le cardinal de Fleury n'avait rien imaginé de mieux que de les soumettre à la révoltante oppression de la corvée (1737).

Les impôts indirects les plus productifs, tels que les aides, les droits de traite ou de douane, et les taxes sur la consommation du sel et du tabac, étaient toujours affermés à des traitants dont l'avidité fiscale n'avait pas de bornes, et ne subissait aucun frein. Seuls ils possédaient le secret du rapport de la matière imposable, et seuls ils étaient initiés à la connaissance précise des lois, arrêts et règlements sans nombre, relatifs à cette branche du revenu de l'État [1]. Le crédit que procure la richesse, et le perpétuel dénûment du Trésor, leur assuraient dans le Conseil un appui qui couvrait toutes leurs exactions. Ils en avaient profité même pour soustraire les délits de contre-

---

[1] Le Code de la ferme générale est immense et n'est recueilli nulle part; en sorte que le particulier à qui on fait un procès ne peut ni connaître par lui-même la loi à laquelle il est assujetti, ni consulter qui que ce soit; il faut qu'il s'en rapporte au commis, son adversaire et son persécuteur. (*Remontrances de la Cour des aides*, 6 mai 1775.) —Voyez encore *Économistes financiers du XVIIIe siècle*,

bande et les prévarications de leurs employés à la juridiction des Cours des aides. Et telle était la complaisance du pouvoir pour la ferme générale, qu'il lui avait octroyé de simples commissaires qui, investis du droit de juger en dernier ressort, prononçaient sans aucun recours la peine des galères et de l'échafaud[1].

On n'avait renoncé non plus à aucun des expédients désastreux que, sous le règne de Louis XIV, on appelait *affaires extraordinaires*. Comme par le passé, la banqueroute, l'escompte des ressources actuelles et futures, les emprunts en rentes perpétuelles ou viagères, les loteries, les papiers royaux, les créations d'offices, étaient des moyens de battre monnaie dans les temps difficiles, et l'histoire cite peu d'interruptions à ces temps-là. Le seul qu'on eût abandonné depuis la régence était de faire rendre gorge au traitants ; et, tandis que les tribunaux exceptionnels fonctionnaient contre le peuple, ceux-ci, débarrassés de la frayeur des *chambres de justice*, s'enivraient encore, dans leurs salons, du plaisir de donner une couleur philosophique à la haine intéressée qu'ils portaient au Parlement[2].

D'un autre côté, le système prohibitif et réglementaire, grande erreur d'un ministre illustre, n'avait pas tardé à produire tous les déplorables effets que sa nature comporte. Au nom de Colbert, l'esprit de routine, de fiscalité, de monopole, soutenu par l'intérêt qu'ont tous les administrateurs d'étendre le cercle de leurs attributions et de multiplier le nombre de leurs agents, avait consolidé la servitude du travail à l'intérieur, sans que le commerce en eût reçu plus d'extension au

[1] La commission de *Valence*, en 1735; celle de *Saumur*, en 1742; celle de *Reims*, en 1765; celle de *Caen*, en 1768; et celle de *Paris*, en 1775. — L'établissement de cette dernière doit être considéré comme une amélioration, car elle adjoignait cinq magistrats de la Cour des aides au lieutenant de police de Paris, qui jugeait seul précédemment. Mais, à cette époque, Turgot était au ministère.

[2] Ce langage n'implique pas approbation des moyens de violence employés jadis contre les traitants ; mais l'on doit constater que ce n'était pas au profit du grand nombre que l'administration adoucissait ses formes, et renonçait aux procédés de rigueur.

dehors. Pendant que, sans tenir compte des révolutions que la marche du temps fait subir aux procédés des arts, aux besoins et aux goûts des consommateurs, le pouvoir en France appesantissait sa tutelle sur l'industrie manufacturière, l'étranger, plus habile, laissait tomber en désuétude ses vieux règlements, profitait de toutes les découvertes nouvelles, et ne se préoccupait que du soin de trouver des acheteurs à ses produits. Pendant que l'Angleterre accordait la plus large protection à son agriculture, on avait aggravé toutes les vexations qui pesaient sur la nôtre, et maintenu contre elle la défense, non-seulement de l'exportation des grains, mais de leur libre circulation de province à province. De là, naissait toujours le manque d'équilibre entre la production et la consommation du blé, et par suite, ou des disettes locales qui affamaient le peuple, ou une abondance excessive qui ruinait les cultivateurs. Nulle modification n'avait été apportée au régime des douanes intérieures, que Boisguillebert proclamait l'opprobre de la raison humaine, dès la fin du siècle précédent, et qui engendrait des conséquences d'autant plus désastreuses, que les tarifs de toutes ces douanes manquaient d'uniformité. Le reproche fait à la gabelle par Vauban, sous ce dernier rapport, n'avait pas été mieux compris; et l'on avait préféré accroître le nombre des condamnations aux galères ou à la peine de mort, que de diminuer les encouragements qu'une législation absurde offrait à la contrebande. On avait également maintenu les villes dans le droit abusif de se procurer des ressources financières aux dépens des campagnes, en soumettant toutes leurs denrées à des taxes énormes d'*octroi*, qui en diminuaient la consommation, et qui étaient en outre supportées par les citadins les plus pauvres, attendu que les riches en exemptaient, en partie du moins, les produits de leurs domaines. Les cultivateurs continuaient d'être soumis à la corvée seigneuriale, ainsi qu'à mille redevances qui dérivaient du système de la féodalité; et nulle tentative n'avait été faite pour soustraire le commerce aux péages sans nombre que les provinces, les villes, les corporations ou les seigneurs de paroisses, levaient à leur profit sur les routes, les fleuves, les rivières, les canaux, quoique tous ces droits, plus profitables à ceux qui les affermaient qu'à leurs propriétaires mêmes, n'eussent pas une origine différente. Le régime économique du temps de Louis XIV, en un mot, subsistait encore avec tous ses abus.

Dans l'ordre moral enfin, le tableau que présente cette époque n'est ni moins triste, ni moins bizarre.

L'établissement du *Parc-aux-Cerfs* et l'installation d'une prostituée dans la demeure royale avaient fait pâlir les orgies de la régence. L'exemple, parti du trône, se réfléchissait dans les mœurs de la cour, dans celles de la haute société, dans la littérature et dans les arts. L'Etat se serait dissous infailliblement, s'il avait été possible que la masse du peuple fût atteinte par la corruption et l'égoïsme qui se manifestaient de toutes parts dans les couches supérieures de la société.

En effet, si le clergé gémissait avec amertume sur ces désordres, beaucoup de ses membres n'en étaient pas moins au nombre de ceux qui donnaient les plus grands scandales. De ses hauts dignitaires, les uns avaient perdu la foi, et ils étaient dévorés par l'ambition ou l'amour des plaisirs; les autres s'étaient conservés purs, mais ils manquaient de lumières, et subissaient toutes les suggestions antisociales du fanatisme ultramontain [1]. Comme corps, tous avaient retenu des préjugés contraires au bien public. Confondant les intérêts de la religion avec leurs intérêts temporels, ils ne voulaient point séparer l'Église de l'État, et s'y regardaient comme un ordre nécessaire, qui devait toujours y jouer le premier rôle, y occuper le premier rang. Par suite, ils persistaient à tenir l'esprit humain en lisière, à repousser la tolérance civile, à garder intacts tous leurs priviléges, et celui surtout de ne pas contribuer aux charges publiques dans la même proportion que les autres citoyens. Il faut avouer que de telles disposi-

---

[1] On partageait les évêques en deux classes : les *évêques administrateurs de provinces*, et les *évêques administrateurs de sacrements*. Les premiers cherchaient à acquérir de l'importance, dans les *pays d'États*, pour se frayer un chemin au ministère.

tions, consignées dans de nombreux documents officiels, con-
cordaient mal avec la défense des idées religieuses, et que la
philosophie, malgré tous ses écarts, semblait encore dans ses
livres mieux imbue que le clergé du sentiment chrétien.

Si, pour obtenir un peu d'encens des philosophes; si,
par jalousie contre le clergé et les Parlements, qui avaient
conservé quelques restes de vie politique dont la noblesse était
privée, certains hommes appartenant à cette dernière se permettaient de fronder les abus, on tomberait dans une grande
erreur en admettant que le corps fût soucieux de les voir disparaître, et qu'il eût pour l'égalité civile plus d'amour que le
clergé. Les nobles prisaient d'autant plus, au contraire, les
priviléges qu'ils tenaient de l'usage ou de la loi, que, pleins de
mépris pour toute autre profession que celle des armes, il n'y
avait que les faveurs de la cour, les voies directes ou indirectes
par lesquelles l'argent du Trésor passait entre leurs mains, qui
pussent réparer les brèches que l'inconduite et le goût du luxe
opéraient dans leurs revenus. Ils méprisaient profondément
les gens de finances, mais ils ne dédaignaient pas de prendre
part dans leurs profits, et encore moins d'épouser leurs hé-
ritières, lorsqu'eux-mêmes s'étaient ruinés [1].

Les membres des Parlements avaient des mœurs plus régu-
lières que celles des grands seigneurs et des hauts dignitaires
de l'Église. On n'aperçoit pas qu'ils eussent moins de dévouement à leurs intérêts personnels, et des vues plus larges en
matière d'administration. Pédants et tracassiers, leur haine
contre le despotisme ministériel venait uniquement de ce qu'ils
ne l'exerçaient point. L'intolérance ne leur déplaisait que
quand elle était moliniste, et l'avocat-général Séguier n'était pas
moins habile à lancer des réquisitoires contre l'*Encyclopédie*,
qu'à dresser des remontrances contre la suppression de la corvée et l'émancipation du travail [2]. Singuliers tribuns, bien ap-

---

[1] Ils appelaient : *mettre du fumier sur leurs terres*, leur résignation à ces
sortes d'alliances.

[2] Voyez tome II, page 323, *Procès-verbal du lit de justice tenu, le 12 mars
1776, pour l'enregistrement des édits portant abolition de la corvée, des
jurandes*, etc.

préciés par Turgot [1], qui croyaient jouer le rôle d'hommes d'État, et qui, jusqu'à la dernière heure, ne soupçonnèrent point qu'ils creusaient leur tombe de la même main qui démolissait la monarchie !

Venaient ensuite les sommités du tiers, comprenant les financiers, les gens de lettres, et les capitalistes voués à l'industrie manufacturière et commerciale.

Les premiers, quoique jaloux de toute supériorité sociale qui n'avait pas l'argent pour principe, caressaient les philosophes, et ne vivaient pas en mauvaise intelligence avec la noblesse [2]. Le parlement même ne leur aurait pas déplu, si son intervention en matière d'impôt n'eût été nuisible à l'extension de leurs profits. A part ce point, ils n'apercevaient la nécessité d'aucune réforme. « Pourquoi donc innover ? Est-ce que nous ne sommes pas bien ? » s'écriait naïvement un fermier-général.

Les gens de lettres se partageaient en deux camps, où dominaient des passions bonnes et mauvaises. A la haine du despotisme et de l'intolérance, manifestée avec courage, les encyclopédistes mêlaient, par malheur, des théories fort aventureuses sur la nature et l'étendue des droits de l'homme, en même temps qu'ils sapaient la notion du devoir au fond des cœurs, par un enseignement philosophique qui détruisait les bases de la morale aussi bien que celles de toutes les croyances religieuses. Dans le parti contraire, on combattait pour les idées d'ordre, mais on en séparait avec obstination celles de progrès, et l'on trouvait des arguments pour justifier tous les abus. L'école de Quesnay, de l'aveu même des contemporains, était la seule qui s'occupât sérieusement d'améliorer le sort du plus grand nombre, et qui, dans une attitude digne et calme, fondât ses projets de réforme sur l'étude et l'observation.

Elle méritait, en un mot, d'être louée un jour par la plume brillante de l'historien de la science, qui n'a été que juste lors-

---

[1] Voyez *Mémoire au Roi sur les édits de février* 1776, tome II, pages 239.

[2] Voyez tome II, *Correspondance*, page 555, les détails que donne Turgot sur Helvétius, et le jugement qu'il porte des doctrines philosophiques de cet écrivain.

qu'il lui a rendu cet éclatant hommage : « Ce qui distinguait par dessus tout cette généreuse famille d'amis du genre humain, c'était la probité admirable de chacun de ses membres et leur désintéressement sincère en toute chose. Ils ne recherchaient point l'éclat et le bruit. Ils n'attaquaient aucun des pouvoirs établis, et ils n'aspiraient point à devenir populaires, quoiqu'ils fussent animés d'une profonde sympathie pour le peuple. C'étaient de véritables philanthropes, dans la plus noble acception de ce mot[1]. »

Les manufacturiers et les commerçants étaient dominés par l'esprit de routine. Leur répugnance pour la liberté n'avait cependant rien de général. On aurait même pu s'appuyer du suffrage de tous pour l'établir ; seulement il n'aurait pas fallu tenir compte, en recueillant les voix, de l'exception particulière que chacun d'eux aurait faite en faveur des règlements qui lui procuraient le travail à meilleur compte, et des priviléges qui lui permettaient de surhausser la valeur de ses produits.

Quant au peuple, il souffrait et travaillait en silence, n'ayant pas même l'idée d'un avenir meilleur.

Tel était l'état de la société lorsque Louis XVI monta sur le trône, et que Maurepas, sans autre raison qu'un caprice de sa femme, appela l'intendant de Limoges au ministère. S'il permet de révoquer en doute qu'on eût pu, même avec l'appui du monarque, faire triompher le principe de l'intérêt général au sein d'un pareil désordre, la gloire qui s'attache au nom de Turgot, pour avoir tenté cette entreprise avec autant de modération que de fermeté, n'en reçoit que plus d'éclat.

Le premier acte du nouveau ministre, en acceptant les fonctions de contrôleur-général, fut d'exposer, ou plutôt de rappeler au roi l'esprit de la conduite qu'il allait tenir. Dans ce noble programme[2], tracé à Compiègne au sortir de l'audience dans laquelle le monarque avait conféré à Turgot ses nouveaux pouvoirs, on retrouve tout le passé du philosophe

[1] M. Blanqui, *Histoire de l'économie politique*, II, page 111.
[2] Voyez *Lettre de Turgot au roi*, du 24 août 1774, tome II, page 165.

et de l'administrateur convaincu que le bonheur du grand
nombre est le fondement le plus solide de la puissance et de
la durée des États. « *Point de banqueroute, point d'augmen-
tation d'impôts, point d'emprunts,* » répète le contrôleur-général à Louis XVI; « et, pour remplir ces trois points, il n'y
a qu'un moyen, c'est de réduire la dépense au-dessous de la
recette... On demande sur quoi retrancher, et chaque or-
donnateur, dans sa partie, soutiendra que presque toutes les
dépenses particulières sont indispensables. Ils peuvent dire
de fort bonnes raisons; mais comme il n'y en a pas pour faire
ce qui est impossible, il faut que toutes ces raisons cèdent à
la nécessité absolue de *l'économie.* »

Insistant sur ce point, il montrait ensuite que l'économie
n'était pas moins commandée par la politique, que par le devoir moral de soulager le peuple; que, sans elle, l'État ne ces-
serait pas d'être dans la dépendance des hommes d'argent; qu'il
serait impossible de se livrer à aucune amélioration du régime
intérieur de la société; que l'intrigue et la malveillance con-
tinueraient d'exploiter le mécontentement public à leur profit,
et qu'il n'y aurait jamais, pour l'autorité, ni calme au dedans,
ni considération au dehors.

On voit encore, par la lettre de Compiègne, combien Turgot
se faisait peu d'illusion sur le sort qui attendait son dévouement; qu'il ne comptait pas plus sur la reconnaissance de la
multitude, que sur celle du prince; mais qu'il aurait regardé
comme une honte, surtout en cette conjoncture, de pratiquer
la lâche philosophie de ces hommes qui, fort à l'aise dans le
présent, estiment toujours qu'il faut laisser aller le monde
comme il va, par la raison seule qu'il va fort bien pour eux.

Aussi les vues du ministre ne se bornaient-elles pas à une
simple réforme financière, et son plan général, qu'il voulait
ne développer que graduellement au roi, avait une portée
d'une tout autre étendue. Comprenant que tout se tient dans
l'économie sociale, qu'il y a réaction nécessaire entre la vie
physique et la vie morale, chez les peuples comme chez les
individus, Turgot, dans ses spéculations, avait embrassé le

domaine de l'une et de l'autre. Sous le premier rapport, il projetait l'émancipation du travail au dedans et la liberté du commerce au dehors; sous le second, une constitution politique qui prévînt le despotisme autant que l'anarchie, et un système d'éducation générale propre à former des hommes instruits de leurs droits et de leurs devoirs, de véritables citoyens.

« La cause du mal, » expliqua-t-il plus tard à Louis XVI, dans le *Mémoire sur les municipalités*[1], développement des idées précédentes, « vient de ce que votre nation n'a point de constitution. C'est une société composée de différents ordres mal unis et d'un peuple dont les membres n'ont entre eux que très-peu de liens sociaux; où par conséquent chacun n'est guère occupé que de son intérêt particulier exclusif, presque personne ne s'embarrasse de remplir ses devoirs ni de connaître ses rapports avec les autres; de sorte que, dans cette guerre perpétuelle de prétentions et d'entreprises, que la raison et les lumières réciproques n'ont jamais réglées, Votre Majesté est obligée de tout décider par elle-même ou par ses mandataires. On attend vos ordres spéciaux pour contribuer au bien public, pour respecter les droits d'autrui, quelquefois même pour user des siens propres. Vous êtes forcé de statuer sur tout, et le plus souvent par des volontés particulières, tandis que vous pourriez gouverner comme Dieu par des lois générales, si les parties intégrantes de votre empire avaient une organisation régulière et des rapports connus. »

Partisan de l'unité du pouvoir, en ce sens qu'il éprouvait peu de sympathie pour l'organisation fédérative ou représentative[2], mais adversaire de la centralisation qui tend à priver les communes, les arrondissements, les provinces, du droit de régler les intérêts qui leur sont propres, Turgot avait imaginé un système mixte, consistant dans un réseau hiérarchi-

---

[1] Voyez tome II, page 502. — Ce Mémoire, qui n'est pas écrit par Turgot lui-même, paraît avoir été rédigé sur les notes du ministre par Dupont de Nemours.

[2] Voyez la *Lettre au docteur Price sur les constitutions américaines*, ibid, page 805.

que de municipalités, destinées à relier entre elles les divisions
secondaires du territoire, et à rattacher les plus importantes, c'est-à-dire les provinces, à l'État. Dans ce plan,
les assemblées de paroisses ou de communes étaient nom-
mées par les propriétaires seuls. Les assemblées d'élections
ou d'arrondissements se composaient de délégués des premières; les assemblées de provinces, de délégués des assemblées d'élections; et la grande municipalité du royaume,
de délégués des assemblées provinciales. Toutes les municipalités secondaires n'auraient eu d'autre attribution que
celle d'élire des officiers pour la gestion de leurs affaires locales,
et de répartir les contingents de l'impôt dans l'étendue de leurs
circonscriptions respectives. La grande municipalité devait
opérer cette même répartition entre les provinces, arrêter les
dépenses à faire pour les grands travaux publics, et éclairer le
gouvernement sur les besoins généraux de l'État, mais n'était
investie d'aucune autorité législative. Turgot n'en espérait pas
moins arriver graduellement, par le moyen de ces assemblées,
à la formation d'un cadastre général, au remplacement de
toutes les contributions indirectes par un impôt unique sur les
terres[1], à la suppression des droits féodaux et à celle des doua-

---

[1] Une inexactitude grave s'est glissée dans les belles pages consacrées à Turgot
par M. Blanqui, dans son *Histoire de l'économie politique* ; et l'admiration, si no-
blement exprimée, de l'auteur pour ce grand homme, nous pardonnera sans doute
de la signaler ici.

« Ce fut un grand malheur pour la science, dit son historien, que Turgot ait mis
tant de précipitation à appliquer une théorie (celle de l'impôt unique sur les terres)
aussi hasardeuse et aussi radicalement fausse, comme si l'exactitude en eût été démontrée avec une rigueur mathématique. »

Nous ne passons pas condamnation sur la fausseté de la théorie, mais ce n'est pas
de ce point qu'il s'agit en ce moment. La question se réduit à savoir si cette
théorie, fausse ou vraie, a été appliquée par Turgot. Or, la négative est un fait incontestable ; et, pour le vérifier, il suffit de consulter les actes officiels de Turgot.
Sans doute, comme nous le disons nous-même, le ministre avait le projet d'appliquer cette théorie, de reporter l'impôt sur les propriétaires exclusivement ; mais la
pensée de la réalisation *immédiate* d'un tel projet n'entra jamais dans son esprit.
A cet égard, il y a une raison qui dispense d'en énoncer d'autres, c'est qu'il fallait
d'abord cadastrer le territoire, et que cette opération, que Turgot voulait faire par
le moyen de sa hiérarchie de municipalités, comportait à elle seule de longs
délais. En somme, Turgot n'a pas révolutionné, avec la précipitation d'un *sec-
taire*, le système financier de son époque, et il n'y a effectué que des améliorations

nes intérieures. Quant aux abus administratifs, à ceux de la
législation civile et criminelle, liés à une foule d'intérêts particuliers qui se coalisaient pour leur défense, le gouvernement
les aurait fait disparaître à mesure que la liberté d'écrire, et
surtout une éducation plus sociale, eussent formé la raison publique. Du reste, cet homme d'État, qu'on a peint comme un
novateur fougueux, parce qu'il ne poussait pas la prudence
jusqu'à l'inaction, ne voulait établir d'abord, et dans les *pays
d'élection* seulement, que les assemblées des deux premiers
degrés, c'est-à-dire celles de communes et d'arrondissements.
Il n'eût passé qu'après cette expérience à la constitution des
municipalités de province, et de la municipalité générale,
simple Conseil qui aurait tiré de l'opinion assez de force pour
empêcher la royauté de faire le mal, et point assez pour l'empêcher de réaliser le bien. Il entrait aussi dans le plan de
Turgot de réduire les Parlements aux seules fonctions de
judicature.

Convaincu, en outre, que l'autorité se jetterait inutilement
dans la voie des réformes tant que, faute de lumières, le grand
nombre ne pourrait lui prêter sous ce rapport un appui intel-
ligent, l'institution qui paraissait la plus urgente à Turgot,
était celle d'un *Conseil de l'instruction nationale*, sous la direction duquel il aurait placé les Académies, les Universités, les
colléges et les petites écoles. « Le système d'éducation
en vigueur », dit-il encore à Louis XVI, dans le Mémoire cité
plus haut, «ne tend qu'à former des savants, des gens d'esprit
et de goût : ceux qui ne sauraient parvenir à ce terme restent
abandonnés et ne sont rien..... Une autre méthode formerait,
dans toutes les classes de la société, des hommes vertueux et
utiles, des cœurs purs, des citoyens zélés. Ceux d'entre eux,
ensuite, qui pourraient et voudraient se livrer spécialement
aux sciences et aux lettres, détournés des choses frivoles par

de détail, qu'on ne peut certainement pas réputer une application de sa doctrine sur
l'économie de l'impôt. Aussi Buchanau, qui réprouve cette doctrine, se borne-t-il
à reprocher à Turgot, non de l'avoir *appliquée*, mais d'en avoir conçu le dessein.
(*Richesse des nations*, II, page 507, *en note*)

l'importance des premiers principes qu'ils auraient reçus, montreraient dans leur travail un caractère plus mâle et plus suivi. Le goût même y gagnerait : il deviendrait plus sévère et plus élevé, mais surtout plus tourné aux choses honnêtes. » Pour démontrer l'impuissance de l'instruction religieuse, toute bornée aux choses du ciel, à manifester aux individus leurs obligations envers la société et le pouvoir qui la protége, les devoirs résultant de ces obligations, ainsi que l'intérêt qu'ils ont à remplir ces devoirs en vue du bien public et du leur propre, il ajoutait ces mots : « La preuve que cette instruction ne suffit pas pour la morale à observer entre les citoyens, et surtout entre les différentes associations de citoyens, est dans la multitude de questions qui s'élèvent tous les jours, où Votre Majesté voit une partie de ses sujets demander à vexer l'autre par des priviléges exclusifs; de sorte que votre Conseil est forcé de réprimer ces demandes, de proscrire comme injustes les prétextes dont elles se colorent. »

Sans nuire à l'enseignement religieux, le Conseil de l'instruction nationale était donc destiné à remplir ses lacunes, par la direction exclusive et uniforme de l'éducation publique au point de vue temporel.

Pour bien juger, non de la valeur de cette dernière réforme, dont la sagesse apparaîtra certainement incontestable, mais de celle du système politique de Turgot, on doit ne pas isoler ce système de l'époque dans laquelle il avait été conçu. Il faut considérer qu'il anéantissait la *division par ordres*, qu'aurait maintenue la convocation des États-Généraux que réclamaient alors plusieurs écrivains, et dont le nom avait même été prononcé par la Cour des aides. Il faut considérer que, s'il accordait des droits politiques aux propriétaires seuls, le ministre se proposait de faire retomber plus tard sur ces mêmes propriétaires tout le fardeau des charges publiques. Il faut considérer, enfin, qu'en dehors de la combinaison politique nouvelle, il ne restait que les États-Généraux, le système représentatif de l'Angleterre et la démocratie pure, et qu'il y avait par conséquent nécessité de choisir alors entre une forme gothique, dont l'his-

toire attestait l'impuissance, et une révolution. Or, Turgot
n'aurait pas mérité le titre d'homme d'État, s'il eût exposé son
pays à une pareille alternative. Quant à la réserve au prince du
pouvoir législatif, elle venait de la croyance du philosophe, que,
du moment où la société est parvenue à un certain état de civilisation, ce pouvoir y offre moins d'inconvénients entre les mains
d'un seul homme que dans celles d'une assemblée représentative, quelle que soit la forme adoptée pour sa composition. Si
l'on est encore partagé sur cette question de nos jours, il nous
semble qu'elle n'offrait point matière au doute du temps de Turgot. Comme il importe peu par qui les lois soient faites, pourvu
qu'elles soient bonnes, il est certain qu'à cette époque le
Conseil du prince en eût fait de meilleures qu'une réunion
quelconque de privilégiés qui auraient toujours subordonné
l'intérêt général à leurs intérêts personnels. Il existait, d'ailleurs, dans l'ensemble des innovations projetées par le ministre, une raison particulière pour qu'il en fût ainsi : c'est que,
par la fixité proportionnelle de l'impôt territorial avec le revenu, le gouvernement perdait la puissance de se créer des
ressources financières supérieures aux besoins véritables de
l'État. Et, comme il n'est guère de mauvaise loi qui, bien exa-
minée, ne laisse apparaître pour objet la solde d'un abus, pour
cause la possibilité de dépouiller la masse du peuple au profit
de certaines classes sociales, on n'aperçoit pas, à vrai dire,
cette possibilité détruite, quel intérêt aurait eu le gouvernement à établir de mauvaises lois.

Tel était donc le plan général de Turgot à son arrivée dans
le ministère. Il serait superflu de dire qu'il résultait de toutes
ses études antérieures sur l'économie de la société; mais il
est important de ne pas omettre qu'il n'entra jamais dans son
esprit de l'exécuter avec précipitation. Il avait appris, à l'école
de Gournay, que la mesure est nécessaire dans la réforme des
abus, que toutes les améliorations ont besoin d'être préparées,
et que les secousses trop subites sont dangereuses; mais il
n'avait pas oublié non plus cet autre enseignement du même
philosophe, que la prudence dans la pratique du mieux a ses

bornes, et qu'il serait inutile de le rechercher en théorie, si le passage de la spéculation à l'action devait toujours être réputé infranchissable. Ces principes, ainsi qu'on va le voir, servirent de base à toute la conduite du nouveau contrôleur-général.

A l'exception de la mesure qui rendit le commerce des grains libre à l'intérieur, Turgot, pendant les derniers mois de 1774 et tout le cours de l'année 1775, borna ses soins au rétablissement de l'ordre dans les finances et à des améliorations importantes, mais de simple détail, dans le régime économique. On ne peut même regarder comme une innovation l'arrêt du Conseil, du 13 septembre 1774, par lequel il s'empressa d'anéantir tous les obstacles absurdes que subissaient la vente et la circulation des blés au dedans du royaume. Ses principes sur la matière rendaient à ses yeux la liberté de l'exportation également indispensable; et cependant le ministre restait, à cet égard, en deçà de la législation de 1763 et de 1764, qui l'avait autorisée. Il allait moins loin que Machault, dès 1749; moins loin que le contrôleur-général Laverdy, tiré du sein du Parlement, sous l'administration duquel avaient été faites les lois qu'on vient de citer. Il se contentait de détruire l'ouvrage de Terray, à qui la liberté avait déplu, non parce qu'il la trouvait contraire au bien de l'État, mais parce que le monopole permettait à l'abbé de réaliser, à l'exemple de Louis XV lui-même, de faciles et honteux profits dans le commerce des grains. On admira le beau préambule de l'arrêt du 13 septembre, et il n'excita aucune réclamation.

Mais, dans ce moment, une question d'une nature fort différente préoccupait surtout l'esprit public. Maurepas, habile comme courtisan, nul comme homme d'État, et qui ne voyait pas la France ailleurs que dans Versailles, avait saisi le pouvoir sans avoir aucun plan arrêté sur l'usage qu'il en devait faire. Mentor octogénaire d'un roi de vingt ans, il n'avait pas de parti pris sur le point si grave de savoir s'il convenait, ou non, de rappeler les anciens Parlements dont, sous le dernier règne, le triumvirat Maupeou, d'Aiguillon et Terray, avait

brisé l'existence (1771), et dont les membres étaient encore
retenus dans l'exil. A cet égard, l'intrigue s'agitait à la cour
en sens divers. La reine, les tantes du roi, les princes du sang,
s'efforçaient de circonvenir le monarque, chacun selon ses
passions ou ses préjugés. La plus grande partie du clergé, qui
ne pardonnait pas aux Parlements d'avoir, à toutes les époques, défendu contre lui la puissance temporelle de la couronne, et qui n'avait pas oublié la destruction des jésuites
(1762), cabalait énergiquement contre le rappel. Ses efforts
se trouvaient soutenus par les intérêts nouveaux qui se ratta-
chaient à la magistrature de la création de Maupeou. Mais les
vieux corps judiciaires ne conservaient pas des partisans
moins actifs ; et de plus, leur longue et factieuse opposition, dont
la multitude ne pénétrait pas le secret, les investissait d'une
grande popularité. Dans cette conjoncture, Maurepas agit comme
tous les hommes livrés à cette ambition vulgaire qui ne convoite
que les satisfactions vaniteuses du pouvoir : il se tira d'embarras en adoptant un *mezzo termine*, qui consistait dans la re-
constitution des Parlements avec quelques garanties légales
prises contre leur turbulence. Les membres du nouveau cabinet, tous opposés d'abord à cette mesure, à l'exception du
garde des sceaux Miroménil, qui en était l'instigateur, ne
tardèrent pas à se ranger à l'opinion du premier ministre.
Turgot et le maréchal du Muy restèrent seuls pour remontrer
au roi combien ce projet était imprudent. Mais ce fut en vain
que le premier déroula sous ses yeux le tableau des obstacles
que les Parlements ne manqueraient pas d'apporter à la plupart des réformes exigées par l'intérêt général. « *Ne craignez
rien, je vous soutiendrai toujours* », répondit le malheureux
Louis XVI, déjà fasciné par Maurepas. L'intérêt du peuple
déterminait Turgot à ne pas vouloir qu'on replaçât dans la
poussière du greffe la couronne que Maupeou en avait tirée
depuis quatre ans ; mais la Providence, dans ses mystérieux
décrets, avait prononcé qu'un vieillard futile serait, à son
insu, l'instrument le plus actif de la chute du pouvoir qu'il

avait la mission de défendre. Les Parlements furent rétablis (nov. 1774)[1].

A peine réinstallée dans ses fonctions, la vieille et incorrible magistrature recommença sa lutte contre l'autorité royale, et Turgot continua de s'employer à adoucir les souffrances du plus grand nombre et à rappeler au respect de la justice les classes supérieures de la société. Grâce à l'activité du sage ministre, chaque jour, pour ainsi dire, vit alors disparaître un abus.

Il était d'usage immémorial que les fermiers-généraux, à chaque renouvellement de bail, gratifiassent le contrôleur-général en fonctions d'un présent de trois cent mille livres. Le portefeuille des finances ayant subi des mutations nombreuses sur la fin du dernier règne, la ferme, par une sorte de justice distributive qui ne portait aucune atteinte à ses intérêts, avait pris l'habitude de diviser ce don ignoble, connu sous le nom de *pot-de-vin*, en six annuités de cinquante mille livres chacune. Le ministre ne se contenta pas de refuser sa part dans cette prime honteuse, mais décida que tout ce qu'il en restait à payer serait versé dans la caisse des pauvres. Il était d'usage encore que la ferme pensionnât, sous la dénomination peu aristocratique de *croupiers* et de *croupières*, beaucoup de

---

[1] Le parti des anciens Parlements avait à sa tête la reine, le comte d'Artois, le duc d'Orléans, le duc de Chartres*, le prince de Conti, la majorité des pairs, l'ex-ministre Choiseul, la minorité janséniste du clergé, les évêques philosophes, et une portion de la république des lettres. — *Monsieur***, les tantes de Louis XVI, le duc de Penthièvre, Maupeou, resté chancelier de France ; la minorité des pairs, et notamment le duc d'Aiguillon et le maréchal de Richelieu ; les anciens ministres Terray, La Vrillière, Bertin, de Boynes, le prince de Soubise ; les nouveaux ministres, du Muy, de Vergennes, Sartine ; la majorité du clergé, les jésuites, l'archevêque de Paris Beaumont, qu'ils gouvernaient ; et enfin les dévotes de la cour, phalange aux ordres de Mme de Marsan, servaient de chefs au parti des parlements Maupeou. — Un tiers-parti, mais sans importance, se composait du prince de Condé, du comte de la Marche, fils du prince de Conti, et de plusieurs pairs de France. — La force respective des deux grandes factions, très-animées l'une contre l'autre, tenait à peu près leur puissance en équilibre.

* Père de Louis-Philippe.
** Depuis Louis XVIII.

grands seigneurs et de nobles dames de la cour, qui la dé-
dommageaient avec usure, par leur crédit, de ces faveurs
honteuses. Les gens de finance reçurent la notification qu'un
pareil scandale ne serait plus toléré à l'avenir [1]. Ils furent pré-
venus également que, dans les cas douteux, l'obscurité des
lois fiscales s'interpréterait à l'avantage du peuple, et non à leur
profit, contrairement au principe qu'ils avaient fait prévaloir [2].

Depuis des siècles, une loi cruelle pesait sur les campagnes.
Déclarant les plus forts contribuables de chaque paroisse res-
ponsables de la somme de taille assise sur la communauté,
elle autorisait leur emprisonnement et leur ruine dans le cas
où, soit par impuissance, soit par prévarication, les collec-
teurs n'opéraient pas la recette totale de l'impôt. La plume
éloquente du ministre retraça au roi tous les effets déplorables
de cette iniquité, et les *contraintes solidaires* furent abolies [3].

Sur tous les points du territoire, les paysans étaient exposés
chaque jour à voir, sans un juste dédommagement, leurs personnes, leurs animaux de labour, leurs charrettes, enlevés, par
mode de réquisition, pour le service des convois militaires. Les
abus qu'enfantait ce système, supprimé par Turgot dans la
généralité de Limoges, étaient poussés si loin, qu'on y avait
renoncé déjà dans huit autres. Le ministre étendit la suppression à tout le royaume, et améliora le service en le faisant
partout, au moyen d'une imposition générale, exécuter par
des entrepreneurs.

La loi qui rendait au commerce des grains et des farines

---

[1] Voyez *Lettre aux fermiers généraux*, du 14 septembre 1774, tome II,
page 432.

[2] La perception, en devenant moins tyrannique, ne diminua pas les profits des
fermiers et du Trésor. Selon Dupont de Nemours, ils s'étaient élevés, dans le bail
précédent, frais de services et intérêts des capitaux déduits, à 10,530,000 livres,
et montèrent à 60,000,000 dans le nouveau bail. D'autres causes que l'atténuation
des rigueurs fiscales contribuèrent, sans doute, à produire cet accroissement. L'ami
de Turgot le reconnaît; mais, en insistant sur la dernière, il ne fait qu'énoncer
une opinion que Lavoisier et quelques-uns de ses collègues, même, tinrent pour
exacte.

[3] *Mémoire au roi* et *Déclaration sur les* CONTRAINTES SOLIDAIRES (du 3 janvier 1775), II, pages 372 et suivantes.

sa liberté naturelle, n'aurait été qu'une œuvre presque illusoire, si l'on eût laissé subsister une foule de droits locaux
qui tendaient à renchérir artificiellement la subsistance du
peuple. Tels étaient, dans les campagnes, la banalité des
moulins et des fours; dans toutes les villes, les droits d'octroi
et de marché, et plusieurs autres encore. Ainsi Lyon, bien
que les communautés industrielles ou marchandes y fussent
interdites par les lois de l'Etat, avait laissé s'établir dans ses
murs une corporation de boulangers, qui empêchait presque
complétement l'introduction du pain fabriqué au dehors,
et qui s'était, avec l'assentiment de l'autorité municipale,
concédé le privilége de vendre le sien à un prix supérieur.
A Rouen, une compagnie de cent douze marchands, créés
en titre d'office, avait seule d'abord le droit d'acheter les
grains qui entraient dans la ville, et son monopole s'éten-
dait même jusque sur les marchés d'Andelys, d'Elbeuf, de
Duclair et de Caudebec, les plus considérables de la province. Venait ensuite une seconde compagnie de quatre-vingt-
dix officiers porteurs, chargeurs et déchargeurs de grains,
qui pouvaient seuls, encore, se mêler de la circulation de cette
denrée, et devaient y trouver, outre le salaire de leur travail,
l'intérêt de leur finance et la rétribution convenable au titre
d'officiers du roi. Venait enfin la ville elle-même qui, propriétaire de cinq moulins jouissant du droit de banalité, avait
donné à ce troisième monopole une extension illégale et
singulière. Les moulins communaux ne pouvant suffire à
la mouture de l'approvisionnement de grains nécessaire à
la population, la municipalité vendait aux boulangers de la
ville le droit de faire moudre ailleurs. Mais, pour les dédommager de cette exaction révoltante, elle assujettissait les boulangers des faubourgs, qui n'étaient pas *en droit* soumis à sa
banalité, à livrer leur pain, sur le pied de dix-huit onces la
livre, au même prix que les boulangers de l'intérieur, qui
n'étaient tenus que du poids ordinaire de seize onces. Il est
donc évident que, du chef seul de ce troisième et dernier monopole, les Rouennais payaient le pain un huitième de plus

que sa véritable valeur. Turgot fit encore main-basse sur tous ces abus. Il ordonna le remboursement des offices, suspendit les droits des villes sur les grains, sauf à pourvoir d'une autre manière à l'insuffisance démontrée des revenus munici-paux, et nomma une commission devant laquelle tous les propriétaires particuliers de droits de cette nature furent as-treints à produire leurs titres. Le but était d'arriver graduelle-ment au rachat, mesure qu'il se proposait d'étendre plus tard même aux banalités seigneuriales [1].

A ces dispositions, qui avaient pour conséquence naturelle d'abaisser le prix de la denrée qui joue le plus grand rôle dans la nourriture du peuple, le ministre en ajouta d'autres, pui-sées également dans les principes de la science économique et dans son active sollicitude pour les classes les plus pauvres de la société.

On révoqua l'étrange privilége dont jouissait l'Hôtel-Dieu de Paris de vendre seul de la viande dans la capitale pendant le carême. Les administrateurs évaluaient le produit annuel de ce monopole à 50,000 livres : pareille somme leur fut as-signée sur les droits qu'acquittait le bétail au marché de Sceaux et à son entrée dans la ville. On réduisit de moitié les taxes sur la marée fraîche, on abolit complétement celles qui exis-taient sur le poisson salé ; et la morue sèche de pêche fran-çaise fut exempte de tout impôt, tant à l'entrée dans les ports du royaume que dans la circulation inter-provinciale [2].

L'industrie et le commerce participèrent, comme l'agricul-ture, à ce système de protection juste et sage.

Les maîtres verriers de la Normandie réclamaient en vain, depuis un demi-siècle, contre le joug, intolérable pour eux,

---

[1] Arrêt du Conseil du 5 novembre 1775 ; — Edit de Reims du mois de juin, — Arrêts du Conseil du 5 juin et du 13 août suivant. — II, pages 229, 200, 198 et 204. — Ces droits, qui variaient selon l'usage de chaque lieu, ne portaient pas seulement sur les blés, seigles, méteils, et leurs farines, mais encore sur les lé-gumes secs, l'avoine et les fourrages. Ils constituaient, dans certaines villes, la dotation du bourreau. (Voyez l'arrêt du 5 juin.)

[2] Déclaration du 27 décembre 1774. — Arrêts du Conseil du 13 avril et 30 jan-vier 1775, II, pag. 227, 404, 402.

I.   6

du despotisme réglementaire. Paris les contraignait de fournir annuellement, à la corporation de ses vitriers, une certaine
quantité de verres à vitres, au taux d'un tarif que l'autorité
déterminait. Rouen, si habile dans la science de l'organisation
du travail, c'est-à-dire dans l'art de faire surpayer les produits aux consommateurs, avait imité cet exemple. Turgot
décida que les verriers normands vendraient leurs verres où
ils voudraient, à qui ils voudraient, et au prix qui leur en serait offert[1].

L'art de polir l'acier ne pouvait devenir une industrie dis-
tincte, par suite des prétentions contradictoires de ceux qui
mettaient cette matière en œuvre. Le ministre donna la liberté
tout entière à chacune des communautés qui s'en disputaient
un lambeau, en prononçant que toutes les professions qui tra-
vaillaient le fer ou l'acier auraient le droit de mettre la dernière main aux ouvrages qui ont ces métaux pour base[2].

Certains ports avaient seuls le privilége de commercer avec
nos colonies de l'Amérique; Turgot l'étendit à plusieurs autres,
en attendant le moment opportun de l'abolir[3]. Il consacra à
l'amélioration des routes et de la navigation intérieure tous
les fonds dont permettait de disposer l'état des finances. Les
premières furent divisées en quatre classes, et leur largeur
déterminée proportionnellement à l'importance industrielle des
points du territoire qu'elles étaient appelées à desservir. La
largeur des routes royales, fixée précédemment à 60 pieds,
fut réduite à 42, avantage immense pour l'État, qui voyait
baisser les frais de construction et d'entretien, en même temps
qu'il s'enrichissait de tout le produit des terrains rendus à
l'agriculture[4]. D'Alembert, l'abbé Bossut et Condorcet, tous
trois membres de l'Académie des sciences, eurent, sous le titre
d'inspecteurs-généraux de la navigation intérieure, la mission

---

[1] Déclaration du 12 janvier 1776, II, p. 253. — On y lit que les vitriers de Rouen
bénéficiaient de 100 pour 100 sur le prix de fabrication.

[2] Arr. du Cons. du 24 juin 1775; *ibid.*, p. 227.

[3] Arr. du Cons. des 22 décembre 1775 et 14 mars 1776, *ibid.*, p. 231 et 340. —
Arr. du Cons. du 6 fév. 1776; *ibid.*, p. 465.

[4] Arr. du Cons. du 6 février 1776, *ibid.*, p. 465.

d'étudier tous les projets tendant à en améliorer le système; et l'on établit, pour former des ingénieurs, une chaire d'hydrodynamique, qu'occupa le second de ces géomètres. Le perfectionnement des voies de transport, tant par terre que par eau, alors dans une situation déplorable, fut opéré par le retrait de tous les priviléges concédés soit au fermier-général des postes, soit à divers sous-entrepreneurs de voitures publiques. Le ministre résilia les baux de tous ces exploitants, chargea une commission de liquider l'indemnité qui pouvait leur être due, et le monopole de la circulation des personnes et des choses passa alors de leurs mains dans celles de l'État[1]. Cette mesure, qui n'avait qu'un caractère *provisoire*, car Turgot réservait toujours les principes, quand les circonstances le forçaient d'y déroger dans l'application, produisit tout à la fois une amélioration importante dans le service et une bonification annuelle de 1,500,000 livres dans le Trésor. Il n'en était pas, d'ailleurs, de plus pressante : jusqu'à cette époque il n'existait dans le royaume que deux diligences, celles de Lyon et de Lille, lourdes machines que leur construction et les règlements sur la matière astreignaient à ne pas excéder la vitesse de dix à onze lieues par jour, prescription à laquelle les entrepreneurs ne manquaient pas de se conformer avec exactitude. L'administration royale des messageries pourvut toutes les grandes routes de voitures nouvelles, plus légères et plus commodes, et ce sont ces voitures, menées en poste, que le public baptisa du nom de *Turgotines*[2].

[1] Arr. du Cons. des 7 août et 11 décembre 1775, *ibid.*, p. 424 et 428.

[2] Cette innovation, si favorable à l'intérêt public, contraria vivement le clergé, par des raisons que nous laisserons exposer à l'un de ses membres : « Les entrepreneurs des anciens établissements, dit l'abbé Proyart, étaient tenus de procurer aux voyageurs la faculté d'entendre la messe les jours où il est de précepte d'y assister : la réforme des voitures entraîna celle des chapelains; et les voyageurs en *Turgotines* apprirent à se passer de messe, comme s'en passait Turgot. » (*Louis XVI et ses vertus aux prises avec la perversité de son siècle.*)

Les *Turgotines* provoquèrent encore cette colérique épigramme :

Ministre ivre d'orgueil, tranchant du souverain,
Toi qui, sans t'émouvoir, fais tant de misérables,
Puisse ta poste absurde aller un si grand train,
Qu'elle te mène à tous les diables !

Le rétablissement des finances s'alliait à ces opérations et à une foule d'autres, toutes très-utiles, qu'il faudrait un volume pour rapporter [1].

Il résulte des comptes dressés par Turgot, qu'au 1er janvier 1775 la situation du Trésor se résumait par les termes suivants :

Le revenu de l'État s'élevait à 377 millions; mais, déduction faite des rentes perpétuelles et viagères, des dépenses de la maison du roi et des princes, et de diverses autres charges, il ne restait de libre que la somme de 213 millions pour les services publics, qui s'élevaient à celle de 235. Il y avait donc un déficit de 22 millions. En outre, les anticipations, c'est-à-dire les avances faites par les financiers sur le produit des exercices postérieurs, constituaient un découvert de 78 millions, et un autre, qui montait à 235 millions, était représenté par la dette exigible, qu'on appelle aujourd'hui *dette flottante* [2]. Voilà l'héritage, qu'après une série de banqueroutes infâmes, l'abbé Terray laissait à son successeur. Entre le caractère et les mœurs de ces deux hommes, il existait un abîme; il y en eut un également entre l'esprit de leur administration [3]. Terray, qu'il faut juger par ses actes, et non par ses rapports officiels ou par les éloges qu'il a reçus de plusieurs écrivains, n'avait montré, dans la gestion de la fortune publique, que le savoir-faire d'un traitant et l'audace d'un misérable, que Maupeou ne craignait pas de blesser en lui adressant ces paroles : « *L'abbé, le contrôle-général est vacant; c'est une bonne place où il y a de l'argent à gagner : je veux t'en faire pourvoir.* » De plus, sa

---

[1] Les déclarations, édits, arrêts du Conseil, publiés pendant les vingt mois du ministère de Turgot, comprennent plus de 320 pages de la nouvelle édition de ses œuvres.

[2] Dupont de Nemours. — Anquetil-Duperron, *Collection des Comptes-Rendus*, de 1758 à 1787.

[3] Ce contraste si tranché entre Turgot et Terray se reproduisait même dans l'ordre physique. « Une figure sombre, repoussante, dit Montyon, signalait la dureté de l'âme et l'insensibilité de l'abbé Terray. La figure de Turgot était belle, majestueuse ; elle avait quelque chose de cette dignité remarquable dans les têtes antiques. » (*Particularités et Observations sur les Ministres des finances.*) — Voyez page 376 de ce volume.

science financière, simple combinaison du vol avec les absurdes pratiques de la vieille fiscalité [1], n'avait abouti, et cela sans réclamation sérieuse de sa part, qu'à épuiser les ressources des contribuables pour accroître les prodigalités de la favorite et les profusions des courtisans. Mais celle de Turgot, qui avait la justice et la raison pour bases, procéda d'une autre manière, et marcha vers un autre but.

Respecter les engagements légitimes contractés par l'État, les acquitter dans la proportion des ressources du Trésor, accroître celles-ci par un meilleur système d'administration, soumettre au régime d'une économie sévère les dépenses de la cour et du gouvernement, éteindre les anticipations et la dette exigible pour échapper à la dépendance ruineuse des financiers; enfin délivrer l'industrie d'une foule de taxes très-vexatoires et sans importance réelle pour le fisc, tel fut le plan du nouveau contrôleur-général. Son application lui permit de porter à près de 67 millions les recettes extraordinaires de l'année courante, de rembourser 15 millions sur la dette exigible, 28 sur les anticipations, et de gagner l'exercice 1776 avec un déficit qui était tombé au-dessous de 15 millions. Il est vrai que, dans les recettes ci-dessus, entrait un encaisse de 19 millions trouvé dans le Trésor, et une contribution de 16 millions fournie par le clergé; mais le surplus était le résultat d'augmentations normales obtenues dans la recette, de diminutions effectuées dans la dépense, et de traités plus avantageux faits avec les fermiers ou les régisseurs de l'impôt. Au nombre des opérations de cette dernière espèce, l'on doit citer la réforme de la régie des hypothèques, la cassation du bail des domaines et celle du bail des poudres.

L'abbé Terray avait accepté de la régie des hypothèques, établissement dont il était l'auteur, des conditions fort dures pour l'État. Pour une avance de 8 millions, cette régie tou-

---

[1] Terray multiplia les maîtrises, et avait même conçu le projet de les rendre héréditaires. L'édit fut signé en 1771, mais on en abandonna l'exécution. On peut voir, dans l'*Histoire financière de la France*, par M. Bailly, une juste appréciation du ministère de l'abbé.

chait, sans compter ses remises sur le montant des droits, 12 p. 100 d'intérêt annuel. Et quoique l'avance fût remboursable par portions successives et à des époques déterminées, l'intérêt ne décroissait pas à mesure que s'avançait la libération de l'État; de telle sorte qu'on a calculé qu'il devait arriver un moment où les régisseurs eussent tiré 96 p. 100 d'intérêt de leurs capitaux. Turgot rompit ce marché, institua une régie nouvelle, augmenta son travail, en obtint un fonds d'avance de 12 millions, et le paya sur un pied moins exorbitant.

Le bail du *domaine réel*, passé aussi sous le ministère de Terray, était encore plus scandaleux. Les fermiers avaient obtenu, pour l'espace de *trente ans*, au prix de 1,564,600 livres, payables chaque année par avance à partir du 1er octobre 1774; 1° la jouissance de terres précédemment louées 1,116,164 livres, par baux particuliers qui expiraient au mois de décembre de la même année 1774; 2° celle de toutes les terres vaines et vagues, à défricher ou à dessécher, dont l'État pourrait être propriétaire; 3° enfin la faculté de rentrer dans tous les domaines qui seraient reconnus appartenir au gouvernement. Par cette dernière clause, l'ex-contrôleur-général avait concédé un droit dont il ne connaissait même pas l'étendue; et l'on peut juger des bénéfices que leur ensemble aurait procurés aux traitants, par ce seul fait que, dès l'année 1775, les sous-baux de six ou de neuf ans, des terres dont il s'agit, égalèrent le prix total qu'ils en avaient donné. Turgot cassa encore le bail du domaine, organisa une régie pour neuf ans, et en obtint six millions d'avances, à des conditions aussi bonnes que celles stipulées avec la régie des hypothèques.

Le bail des poudres et salpêtres, renouvelé également sous l'administration de Terray, n'était pas moins onéreux à l'État que le précédent. La seule condition imposée à la compagnie qui jouissait du monopole de la fabrication et de la vente de ces matières, consistait à fournir chaque année un *million pesant de livres de poudre* aux arsenaux de la guerre et de la marine. Les fermiers livrant cette poudre à l'État sur le pied de six sous la livre, tandis que le prix de revient s'élevait pour

eux au double, le gouvernement semblait par là réaliser un
bénéfice annuel de 100,000 écus. Mais ce n'était qu'en apparence et non en réalité. D'abord, en temps de paix, l'État
ne consommait pas plus de 500 milliers de poudre, et en temps
de guerre la compagnie n'était pas tenue de lui fournir plus
que la quantité déterminée par le bail. Dans le dernier cas,
il s'approvisionnait où et de la manière qu'il pouvait; et dans le
second il laissait la compagnie bénéficier de 150,000 livres, ou
de la moitié de la redevance due au Trésor. Ce monopole singulier s'aggravait par un autre abus. Quoique l'art d'établir
des nitrières artificielles ne fût pas ignoré dans plusieurs
États de l'Europe, en France le gouvernement en était encore,
pour obtenir le salpêtre, aux méthodes en usage du temps de
François Ier. On ne savait que démolir les vieux édifices ou
faire des fouilles, et lessiver les décombres ou les terres, pour
en extraire les substances imprégnées de cette matière. Or,
l'administration s'étant réservé le privilége d'opérer cette be-
sogne, avait stipulé que la ferme des poudres lui achèterait le
salpêtre sur le pied de sept sous la livre, c'est-à-dire à un prix
insuffisant pour rémunérer le travail des ouvriers qu'elle employait. De là, la nécessité d'accorder aux salpêtriers un supplé-
ment de salaire, qui n'absorbait pas moins de 50 à 60,000 livres
par année, et des priviléges qui étaient aussi onéreux que
vexatoires pour la masse des citoyens[1]. Enfin, le Trésor
payait à la compagnie un abonnement annuel de 27,000 livres
pour risques de *sauts de moulins*, la garantissait contre tous les
événements de force majeure, et supportait, année commune,
pour 10,000 livres de dépenses accidentelles. Par suite de toutes ces circonstances, le bail apparent de 100,000 écus des-
cendait donc au chiffre définitif de 53 à 63,000 livres. Si ce
monopole n'assurait pas la défense de l'État, en revanche il
procurait à la compagnie, dit Dupont de Nemours, 30 p. 100
d'intérêt de son capital évalué à 4 millions. Turgot cassa encore le bail des poudres, remplaça la ferme par une régie, mit

---

[1] Dupont de Nemours évalue à 600,000 liv. le dommage matériel que la nation en
éprouvait.

à sa tête Lavoisier, le plus grand chimiste de l'époque, et procura par cette innovation, sans parler de tous les autres avantages qu'elle présentait, un revenu de 8 à 900,000 livres au gouvernement. En même temps, il envoyait des savants dans les Indes pour étudier les causes de la formation et de l'abondance du salpêtre dans ces contrées; il faisait traduire et publier les méthodes sur l'art d'établir des nitrières artificielles, et chargeait l'Académie des sciences de décerner un prix de 4,000 livres au Mémoire où l'on aurait traité le mieux : *Des moyens les plus prompts et les plus économiques d'accroître la production du salpêtre, et des moyens surtout de se dispenser des recherches que les salpêtriers ont le droit de faire dans les maisons des particuliers*, droit dont l'arrêt du Conseil sur la matière déterminait l'époque de révocation [1].

Depuis dix ans, les frais de banque, de négociation des papiers de crédit, de commissions pour les marchés, coûtaient, année moyenne, près de neuf millions à l'État. Le ministre les réduisit au tiers, en posant pour principe que, sauf empêchement absolu, toutes les dépenses devaient se faire au comptant. Le banquier de la cour lui parut un intermédiaire fort inutile, et il le supprima.

Les officiers de finances pullulaient depuis la fondation de la monarchie pour ainsi dire, parce qu'une fiscalité inepte trouvait bons tous les moyens d'amener quelque argent dans le Trésor [2]. Il y avait par élection, bailliage, viguerie, ou autres divisions territoriales, trois ou quatre receveurs des tailles, lesquels exerçaient alternativement leurs fonctions. Ils touchaient des remises sur le produit de l'impôt, et, sous le nom de *gages*, l'intérêt du capital versé pour l'acquisition de leurs offices. Turgot, qui procédait avec autant de modération que de sagesse, déclara que le décès ou la démission des titulaires d'un même emploi entraînerait l'extinction de leurs charges,

[1] Voyez tome II, p. 418 et suiv.

[2] C'est cette même fiscalité qui a, de nos jours, par la loi de finances du 28 avril 1816, reconstitué la *vénalité des offices* au profit des avocats à la Cour de cassation, notaires, avoués, greffiers, huissiers, agents de change, courtiers et commissaires-priseurs.

et qu'il ne serait conservé qu'un seul office par arrondisse-
ment. Le remboursement des charges supprimées devant
avoir lieu par les titulaires restés en exercice, et le retrait des
gages étant prononcé, cette mesure ne causait aucun embarras à l'État, qui y gagnait l'intérêt d'un capital considérable,
et aucun tort aux percepteurs de l'impôt, indemnisés du sup-
plément de finance qu'on exigeait d'eux, par la jouissance totale des remises dont, précédemment, le partage s'opérait entre
eux et leurs collègues. En outre, il n'y avait qu'avantage
pour l'administration d'avoir, tout en effectuant une économie importante, des agents en plus petit nombre et mieux
payés.

Il existait un receveur spécial de la capitation de la cour.
Turgot pensa que la machine financière n'avait pas non plus
besoin de ce rouage inutile, et qu'il était plus simple de faire
retenir la capitation des princes, ducs, maréchaux, officiers
de la couronne, etc., par les trésoriers qui soldaient leurs traitements. Il hésita d'autant moins à détruire cet emploi, que les
rôles de celui qui l'exerçait présentaient un *arriéré* remontant
jusqu'à 1767[1]. Ce n'était pas contre ces nobles personnages
qu'on avait imaginé la loi des *contraintes solidaires!*

Au milieu de ces utiles réformes, dont nous abrégeons le
détail, Turgot accélérait le payement des rentes et des pensions, suspendu depuis trois ou quatre ans. Il ordonnançait, sur
les dernières, deux années à la fois de celles qui n'excédaient
pas la somme de 400 livres. En réduisant les pensions, Terray
avait ménagé les faibles à la vérité, mais il avait frappé ses
coups les plus rudes sur les moyennes et respecté les fortes.
Celui-ci redoutait les clameurs de la multitude et la haine des
grands; celui-là ne craignait que de manquer à l'humanité et
à la justice[2].

[1] *Arr. du Cons.* du 30 décembre 1775, II, p. 387.

[2] Dans son court passage au ministère de la marine, Turgot s'était empressé
de faire payer aux ouvriers du port de Brest un arriéré de salaires, qui leur
était dû depuis dix-huit mois.

Il avait aussi proposé au roi d'imiter la munificence de Louis XIV envers les
savants étrangers, et d'accorder une gratification de 5,000 livres à l'illustre Euler,

Beaucoup de particuliers, créanciers légitimes de l'État, avaient vu périr leurs droits par l'impossibilité de satisfaire, pour les établir, à des prescriptions obscures et nombreuses, exigées par une loi de 1764. Le ministre simplifia les formes, et leur donna six mois pour se relever de la déchéance.

Dix millions de lettres de change, dues aux colonies, n'étaient pas soldés depuis cinq ans. Un à-compte de 1,500,000 livres fut donné d'abord, et un fonds annuel d'un million fait pour le payement du reste, avec la faculté aux porteurs de convertir leurs titres en rentes sur l'État à quatre pour cent.

A l'aspect de la bonne foi rappelée dans le Trésor, dont elle était bannie depuis des siècles, le crédit se ranima avec tant de promptitude, que Turgot était à la veille, lorsqu'il sortit du ministère, de contracter un emprunt de 60 millions, à moins de 5 p. 100, avec les capitalistes hollandais qui, lors de sa retraite, se gardèrent bien de livrer leur argent à ses successeurs.

Tant d'actes inspirés par le zèle le plus pur pour le bien public, et accomplis dans le cours de la seule année 1775, l'avaient été nonobstant les soins spéciaux que réclamait une épizootie terrible, sévissant sur les provinces méridionales de la France ; nonobstant de cruelles attaques de goutte qui retinrent le contrôleur-général plusieurs mois dans son lit, et nonobstant encore d'autres graves circonstances, dont il nous reste à parler.

En arrivant au pouvoir, Turgot n'avait pas d'ennemis ; mais dès qu'on fut certain qu'il entendait gouverner dans l'intérêt général, ils surgirent de toutes parts nombreux et puissants. Maurepas, qui n'avait pas tardé à reconnaître qu'un tel homme dominerait nécessairement le monarque par l'ascendant de l'intelligence et de la vertu, fut le premier qui conspira sa ruine. Pendant qu'il préparait dans l'ombre la chute de son collègue, la haine, sourde encore, de tous les autres ennemis du bien public, attendait avec une impatience, que la fortune sembla prendre à cœur de satisfaire, l'occasion de se manifester.

comme récompense de l'ouvrage publié par celui-ci sur la construction et la manœuvre des vaisseaux.

Dès le 20 avril 1775, des troubles, dont la cherté des grains était le prétexte, éclatèrent à Dijon. La récolte de 1774 avait été médiocre; mais la disette n'était nulle part, et tous les historiens témoignent qu'on avait souvent vu le pain plus cher sans que l'ordre public fût troublé. La ville, cependant, faillit être le théâtre de scènes sanglantes. Les paysans, après avoir démoli le moulin d'un propriétaire qu'ils accusaient de monopole, vinrent briser les meubles d'un conseiller de l'ex-Parlement Maupeou, qui passait à leurs yeux pour un accapareur. Des paroles insolentes[1] du commandant militaire portèrent l'exaspération à son comble, et le calme ne put être rétabli que par l'intervention de l'évêque.

Apaisée en Bourgogne, l'émeute reparut tout à coup aux portes de la capitale avec un caractère plus grave. Cette fois, sa marche était disciplinée, et ses actes d'une telle nature, qu'on peut en induire un plan de dévastation conçu pour affamer la principale ville du royaume.

De Pontoise, foyer de l'insurrection, partent, le 1er mai, des brigands qui se répandent dans toutes les campagne environnantes. Ils soulèvent le peuple avec les mots de disette et de monopole; ils l'entraînent sur les marchés, l'excitent à se faire livrer les grains au-dessous de leur valeur, en taxent eux-mêmes le prix à l'aide de faux arrêts du Conseil; ils ont de l'or et de l'argent, et tantôt achètent, tantôt prennent de force les subsistances, mais toujours pour les détruire. Ils brûlent des granges, incendient des fermes entières, coulent à fond des bateaux de blé, et interceptent les arrivages par la basse Seine et l'Oise; enfin, ils annoncent hautement qu'ils vont aller à Versailles, et de Versailles marcher sur Paris[2].

Le lendemain 2, en effet, les insurgés arrivèrent à Versailles, y mirent les farines au pillage et demandèrent qu'on

[1] La Tour-du-Pin dit, aux paysans soulevés, *d'aller brouter l'herbe qui commençait à paraître.* (Soulavie, *Mém. hist. et polit. du règne de Louis XVI*, II, p. 290.)

[2] Voyez Condorcet, Dupont de Nemours, Soulavie, Desodoarts, *Histoire de Louis XVI*, et l'*Instruction*, de Turgot, *à tous les curés du royaume*, II, page 192.

baissât le prix du pain. On ferma en toute hâte les grilles du château, et l'effroi fut tel qu'on délibéra si l'on ne ferait pas partir le roi pour Chambord. Donnant alors le premier exemple de cette faiblesse qui devait plus tard lui être si fatale, Louis XVI ne voulut pas qu'on employât la force contre ces brigands, et commanda à la police de taxer le pain à deux sous la livre. Cette mesure rétablit la tranquillité dans Versailles ; mais les agitateurs se portèrent, dès la nuit même, sur Paris, et y entrèrent le 3, à sept heures du matin.

« Quoiqu'on eût mis sur pied le guet, les gardes-françaises, les gardes-suisses, les mousquetaires et autres divisions de la maison du roi en état de service, ils entrèrent par diverses portes, à la même heure, pillant les boulangers sans exception [1]. » Ces scènes étranges, où l'on entendait des misérables vociférer sur la cherté du pain, pendant qu'ils le jetaient dans la boue, cessèrent plutôt par la lassitude des acteurs que par la répression de l'autorité. Elles ne semblaient pas déplaire au Parlement, au lieutenant de police, ainsi qu'à d'autres personnages considérables [2], et la troupe était encore paralysée par les ordres du roi qui défendaient de tirer sur les bandits. Cependant, le désordre avait cessé vers onze heures, et le maréchal de Biron, en s'emparant alors des carrefours et d'autres points importants de la ville, déjouait à l'avance toute tentative ayant pour but de le renouveler. A une heure, les Parisiens quittèrent leurs maisons pour *chercher l'émeute*, mais ils ne la rencontrèrent plus nulle part. Maurepas se montra le soir à l'Opéra ; et, quelques jours après, les marchandes de modes inventèrent des *bonnets à la révolte*.

Turgot ne prit pas cette affaire avec autant de légèreté. Tout porte à croire qu'il avait, sur la nature de la sédition, des renseignements qui sont restés inconnus, et il s'agissait d'as-

---

[1] Soulavie, *ibid.*, p. 295. — On sait que cet écrivain ne peut être accusé de partialité envers Turgot.

[2] Turgot à Paris écrivait au roi, (le 2 mai) que l'intendant, loin de pacifier les troubles, les animait. Saint-Sauveur, l'ami de Turgot et de la liberté du commerce, ajoutait que Lenoir et Sartine préparaient, pour le 3, des troubles à Paris. (Soulavie, *ibid.*, p. 291.)

surer la subsistance de la capitale. Ses mesures furent aussi énergiques que la conduite du roi avait été faible.

Le jour de l'émeute, le Parlement avait fait afficher dans Paris un arrêté qui défendait les attroupements, mais qui portait que le roi serait supplié de diminuer le prix du pain. Le ministre chargea aussitôt l'autorité militaire de placarder cet arrêté d'une ordonnance qui interdisait d'exiger le pain au-dessous du cours. Toutes les boutiques de boulangers furent protégées par des factionnaires, et un négociant, nommé Planter, reçut sur-le-champ 50,000 livres pour la valeur d'un bateau de blé dont les séditieux avaient jeté le chargement à la rivière.

Le lieutenant de police Lenoir, qui avait pactisé avec l'émeute, fut destitué dans la nuit même du 3 mai, et remplacé le lendemain par l'économiste Albert.

Le Parlement voulait connaître des troubles ; Turgot le fit mander à Versailles, et le força, dans un lit de justice tenu le 5, d'enregistrer une proclamation du roi, qui attribuait la répression de la révolte, conformément aux lois en vigueur, à la juridiction prévôtale.

En même temps, soutenu par Malesherbes[1] et le vieux maréchal du Muy, il obtenait de Louis XVI un blanc-seing qui plaçait l'autorité militaire sous ses ordres et lui permettait de porter les derniers coups à l'émeute. Une armée de 25,000 hommes, à la tête de laquelle était le maréchal de Biron, poursuivit les fuyards dans tous les sens, et resta campée le long de la Seine, de l'Oise, de la Marne et de l'Aisne, jusqu'à ce que les arrivages de grains eussent repris leur cours ordinaire, et que la tranquillité publique fût entièrement rétablie[2].

Le mouvement insurrectionnel du 3 mai, qui avait éclaté le

---

[1] Malesherbes avait, depuis le mois de juillet 1775, remplacé le duc de La Vrillière au département de la maison du roi.

[2] Aux détails qui précèdent, sur cette sédition qu'on appela la *guerre des farines,* Soulavie ajoute les suivants : « Les troupes du roi allant délivrer, sur le chemin de Versailles, deux mousquetaires arrêtés par les mutins, il y eut un combat à coups de fusil d'un côté, et de l'autre de pierres, où vingt-trois paysans attroupés furent tués. On trouva un révolutionnaire ayant un cordon bleu, qui

même jour à Amiens, à Auxerre et à Lille, donna, contre l'administration de Turgot, le signal d'attaques qui devinrent graduellement plus violentes et plus nombreuses. Alors commencèrent les calomnies intéressées de tous ceux qui n'avaient pas reçu du ministre les faveurs qu'ils espéraient en obtenir, et de tous ceux dont la position avait été dérangée par la réforme des abus, ou qui redoutaient un pareil sort.

On reprocha au contrôleur-général d'avoir produit la famine qui n'existait pas, en permettant la sortie des blés du royaume par l'arrêt du 13 septembre 1774, quoique cet arrêt n'eût autorisé que la libre circulation à l'intérieur. Mais l'on se garda bien de dire que, sachant plier ses principes à la nécessité des circonstances, il y avait dérogé jusqu'au point d'accorder des primes à l'importation[1]. On dissimula encore qu'il n'avait rien négligé pour que les classes pauvres se ressentissent le moins possible de la cherté des subsistances, en organisant des ateliers de charité dans les villes et dans les campagnes, et en multipliant partout les travaux publics en raison des ressources de l'État et des provinces. La justice prévôtale avait fait pendre deux individus, inculpés d'avoir joué un grand rôle dans le soulèvement du 3 mai. Les mêmes hommes qui ne trouvaient pas le supplice de la roue trop dur pour les délits de contrebande, affectèrent une sensibilité extrême sur le sort de ces coupables, et imputèrent à Turgot de verser le sang humain pour le triomphe de ses doctrines. On porta jusqu'aux

---

motionnait le peuple des campagnes, étendu sur le carreau. » (Tome II, page 293 de l'ouvrage cité.)

L'histoire du *cordon bleu* ne nous paraît ni vraie, ni vraisemblable.

Les Parisiens ne purent, à propos de ces événements, se refuser contre Biron et Turgot, l'épigramme suivante :

> Biron, tes glorieux travaux,
> En dépit des cabales,
> Te font passer pour un héros,
> Sous les piliers des halles.
> De rue en rue, au petit trot,
> Tu chasses la famine ;
> Général digne de Turgot,
> Tu n'es qu'un Jean-Farine.

[1] *Arr. du Cons.* du 25 avril 1775, II, p. 185.

nues le livre pompeusement ridicule que Necker venait de publier sur la *Législation des grains*, et le marquis de Pezai, militaire, poëte, et surtout intrigant, qui devait frayer plus tard au banquier genevois le chemin du contrôle-général, dirigea dès lors une guerre de pamphlets et de caricatures contre les économistes. Mais Voltaire les vengea, et Turgot principalement, d'une manière éclatante par le pamphlet intitulé : *Diatribe à l'auteur des éphémérides du citoyen.*

Peu de temps après, une autre circonstance, la cérémonie du sacre, vint accroître le mauvais vouloir du clergé contre Turgot. Le ministre, en administrateur économe, désirait que le sacre se fît à Paris; de plus, comme philosophe, et l'on pourrait même dire comme chrétien, il demandait, d'accord avec Malesherbes, que le roi ne prononçât pas la formule abominable d'*exterminer les hérétiques*, et qu'à celle de *ne jamais faire grâce aux duellistes*, il substituât la promesse d'employer tous les moyens qui dépendraient de l'autorité royale pour abolir un préjugé barbare. Mais les évêques, qui n'avaient pas moins d'amour pour les vieilles coutumes que d'horreur pour la tolérance, et qui, dans les remontrances périodiques qu'ils portaient au pied du trône, ne cessaient d'exciter le prince à persécuter les protestants[1], s'indignèrent d'une pareille innovation.

[1] L'année même du sacre, l'Assemblée disait à Louis XVI :

« Nous vous en conjurons, Sire, ne différez pas d'ôter à l'erreur l'espoir d'avoir parmi nous des temples et des autels ; achevez l'ouvrage que *Louis le Grand* avait entrepris, et que *Louis le Bien Aimé* a continué. Il vous est réservé de porter ce dernier coup au calvinisme dans vos États. Ordonnez qu'on dissipe les assemblées schismatiques des protestants : excluez les sectaires, sans distinction, de toutes les branches de l'administration publique. Votre Majesté assurera ainsi parmi ses sujets l'unité du culte catholique. » (*Remontrances* du 24 septembre 1775.)

On lit encore dans les mêmes remontrances : Qu'on vous dise, Sire, pourquoi des unions que toutes les lois civiles et catholiques repoussent, sont impunément contractées au prêche sous la foi du mariage ; d'où vient que, contre la volonté du prince, on ravit tous les jours aux ministres de notre sainte religion de tendres enfants, pour les présenter aux maîtres de l'erreur, qui leur font sucer tranquillement son poison avec le lait ? »

Ainsi, le clergé regrettait officiellement que le progrès de la morale publique eût fait tomber en désuétude une législation qui condamnait les protestants à vivre en concubinage, ou à abjurer leurs croyances, puisque, la loi ne considérant à cette époque le mariage que comme un sacrement, il dépendait de l'Église seule de lé-

Turgot, l'homme de son siècle qui était le plus pénétré de l'importance des idées religieuses, fut accusé de conspirer la ruine de la religion, parce que son respect pour elle l'empêchait de consentir à ce qu'elle fût un instrument entre les mains de la politique. Maurepas, qui n'y voyait pas autre chose, se ligua avec le clergé, et persuada à Louis XVI, chez qui une foi sincère repoussait l'hypocrisie, et n'excluait pas les lumières d'une conscience droite, que la tranquillité de l'État exigeait qu'on ne changeât rien aux serments du sacre. On dit qu'à Reims, ce prince faible et consciencieux remplaça, par des paroles inintelligibles, les formules que le clergé avait réussi à maintenir. Turgot, après l'accomplissement de la cérémonie, lui adressa un Mémoire, dans lequel il prouve au monarque que ses convictions religieuses lui font un devoir impérieux de ne pas tenir pour valides des engagements injustes[1].

Les réformes que Turgot accomplit postérieurement, les projets insensés que des ennemis ou des rêveurs enthousiastes lui prêtèrent, accrurent le nombre des adversaires de son administration dans une proportion si considérable, que, dès la fin de 1775, on pouvait déjà conjecturer que le vertueux ministre ne resterait pas longtemps au pouvoir. L'année 1776 devait voir la lutte de l'intérêt privé contre l'intérêt général s'élever à son apogée; mais elle devait voir aussi le dernier principe ne conserver, pour ainsi dire, qu'un seul défenseur, et un prince qui voulait sincèrement le bonheur du peuple, sacrifier aux clameurs de l'égoïsme le seul homme qui fût capable de raffermir son autorité chancelante.

Turgot, qui considérait l'inégalité des conditions comme un fait nécessaire, qui trouvait normal le partage des hommes en propriétaires, en capitalistes et en simples travailleurs, mais qui professait également que « *la morale regarde tous les hommes*

---

gitimer l'union des hérétiques. En outre, pour exprimer des doléances si peu conformes au véritable esprit du christianisme, il avait choisi deux hommes qui croyaient à peine en Dieu, Loménie de Brienne, archevêque de Toulouse, et l'abbé de Talleyrand-Périgord que, par une autre singularité, nous devions voir mourir avec le titre de membre de l'Académie des Sciences *morales et politiques*.

[1] Voyez tome II, page 492.

du même œil, qu'elle reconnaît dans tous un droit égal au bon-heur[1] », tirait de cette dernière opinion la conséquence, que l'inégalité n'est rationnelle qu'autant qu'elle dérive uniquement de la nature des choses. De là, sa haine pour les priviléges, les monopoles et toutes les institutions, en un mot, qui tendent à distribuer la richesse d'une manière artificielle, et à déshériter la moralité, l'intelligence, le travail, du droit de l'acquérir. De là, son insistance sur le grand principe de la liberté industrielle et commerciale, qu'il réclamait plus encore au nom de la justice qu'au nom de l'économie politique. De là, en un mot, son amour profond de l'égalité civile, que tous ses actes eurent pour but d'établir. De là, enfin, les mémorables édits pour l'abolition de la corvée, la suppression des jurandes, la libre circulation des vins, et plusieurs autres encore, derniers efforts d'un ministère qui préparait, dans l'avenir, la complète émancipation du travail.

Turgot commença cette difficile entreprise dès le mois de janvier 1776, en soumettant au roi un Mémoire où il lui proposait 1° l'abolition de la corvée, 2° celle des droits existant à Paris sur les grains, farines, et autres denrées de nécessité première pour le peuple; 3° celle des offices sur les quais, halles et ports de la même ville; 4° celle des jurandes; 5° celle de la caisse de Poissy, et 6° enfin, une modification dans la forme des droits imposés sur les suifs[2]. Ce Mémoire, accompagné du texte des édits, qui l'étaient eux-mêmes de préambules où le législateur parle pour la première fois aux hommes un langage digne d'eux et de lui-même, fut mis sous les yeux du Conseil. On ne sait pas, d'une manière bien précise, l'impression qu'en éprouvèrent les collègues du contrôleur-général; mais on peut la préjuger par l'esprit des observations auxquelles Miroménil se livra sur la loi relative à la suppression de la corvée.

---

[1] *Deuxième lettre sur la tolérance*, II, p. 680.

[2] Les édits concernant les grains et les offices opéraient dans la capitale une réforme du genre de celles qui avaient eu lieu à Rouen et dans les autres villes. On comptait à Paris 3,200 chargeurs, déchargeurs, rouleurs, etc., de grains, que la dernière mesure supprimait.

Entre autres choses non moins singulières, le ministre de la justice disait :

« Le projet assujettit à l'imposition pour le remplacement des corvées tous les propriétaires de biens-fonds et de droits réels, privilégiés et non privilégiés. Il veut que la répartition en soit faite en proportion de l'étendue et de la valeur des fonds. — J'observerai qu'il peut être dangereux de détruire absolument tous ces priviléges. Je ne parle pas de ceux qui sont attachés à certains offices, que je ne regarde que comme des abus acquis à prix d'argent, que comme de véritables priviléges; mais je ne puis me refuser à dire qu'en France le privilége de la noblesse doit être respecté, et qu'il est, je crois, de l'intérêt du roi de le maintenir. »

A quoi Turgot répondait :

« Qu'est-ce que l'impôt? Est-ce une charge imposée par la force à la faiblesse? Cette idée serait analogue à celle d'un gouvernement fondé uniquement sur le droit de conquête. Alors le prince serait regardé comme l'ennemi commun de la société; les plus forts s'en défendraient comme ils pourraient, les plus faibles se laisseraient écraser. Alors il serait tout simple que les riches et les puissants fissent retomber toute la charge sur les faibles et les pauvres, et fussent très-jaloux de ce privilége. — Ce n'est pas l'idée qu'on se fait d'un gouvernement paternel, fondé sur une constitution nationale où le monarque est élevé au-dessus de tous pour le bonheur de tous..... Les dépenses du gouvernement ayant pour objet l'intérêt de tous, tous doivent y contribuer; et plus on jouit des avantages de la société, plus on doit se tenir honoré d'en partager les charges. Il est difficile que, sous ce point de vue, le privilége pécuniaire de la noblesse paraisse juste[1]. »

Malgré les observations de M. de Miroménil, qu'il faut lire d'un bout à l'autre pour avoir la mesure de l'impudeur que les intérêts privés les plus contraires à la justice apportent dans leur défense, le roi approuva, le 6 février, les édits préparés

---

[1] *Observations du garde des sceaux et contre-observations de Turgot, sur la suppression de la corvée,* tome II, pages 269 et 270.

par Turgot. Mais il restait à les faire adopter par le Parlement. Après un mois de négociations infructueuses, où Louis XVI eut à essuyer, de la part de ce corps, des remontrances qui lui firent dire : « *Il n'y a que M. Turgot et moi qui aimions le peuple* », il fallut se résoudre à tenir un lit de justice [1].

On assure que le Parlement avait inséré cette phrase dans ses remontrances : « Le peuple de France est *taillable et corvéable* à volonté. C'est une partie de la constitution, que le roi est dans l'impuissance de changer [2]. » Le langage de ce corps ne fut pas aussi maladroit dans la séance royale indiquée pour le 12 mars, et à laquelle assistèrent les princes du sang, tous les pairs laïques et ecclésiastiques, et les grands officiers de la couronne. La cour protesta, au contraire, de son amour du *bien public*, de sa sollicitude pour le *bonheur du peuple;* mais la théorie constitutionnelle et financière qu'on lui attribue n'en perça pas moins, à chaque instant, dans les paroles de l'avocat-général Séguier, son interprète; et l'on peut dire que tout ce que la doctrine perdit en brutalité dans la bouche du magistrat-littérateur [3], elle le regagna largement en ridicule.

Turgot proposait de substituer à la corvée une contribution territoriale, dont le maximum ne devait pas excéder dix millions. Il avait consenti, pour ne pas se faire, suivant son expression, *deux querelles à la fois*, à en affranchir les biens du clergé; et le préambule de la loi, en flétrissant un abus dont l'origine était *récente*, développait tous les avantages que l'État gagnerait à sa disparition.

A tout cela, savez-vous ce que répond l'avocat-général? « Que cette contribution confondra la noblesse, qui est le plus ferme appui du trône, et le clergé, ministre sacré des autels,

---

[1] Les magistrats n'enregistrèrent librement, le 9 février 1776, que la loi qui supprimait la *Caisse de Poissy*. Leur résistance à l'égard des autres était encouragée par le prince de Conti, homme violent et sans mœurs, que Turgot réputait le principal provocateur de la sédition de 1775.

[2] Nous ne connaissons pas le texte des remontrances; mais Soulavie, qui ne ménage ni le clergé, ni la noblesse, ni les encyclopédistes, ni les économistes, ni les parlements, n'allègue pas que ce dernier corps ait professé l'égoïsme d'une façon aussi brutale.

[3] M. Séguier était membre de l'Académie française.

avec le reste du peuple, qui n'a droit de se plaindre de la corvée que parce que chaque jour doit lui rapporter le fruit de son
travail, pour sa nourriture et celle de ses enfants. »

Puisque le peuple a le droit de se procurer sa subsistance
de chaque jour par le travail, on croira, sans doute, que l'orateur parlementaire va conclure à l'adoption de l'édit abolitif
de la corvée ?—Nullement.—Il objecte que, les chemins étant
d'une utilité générale, tous les sujets du roi doivent y contribuer également, les uns avec de l'argent, les autres par leur
travail. Mais il oublie d'expliquer, par exemple, comment les
sujets du roi, qui ont besoin de leur travail de chaque jour pour
vivre, subsisteront pendant le temps qu'ils se livreront, pour
le compte de l'État, à un travail que l'État ne payera pas. Il
reconnaît, ensuite, que le moyen qu'il vient d'indiquer est
peut-être *impraticable*, et il propose de doubler la solde de
l'armée, pour l'employer aux grandes routes, *à deux reprises
différentes, quinze jours au printemps, quinze jours en au-
tomne* [1].

C'est à l'aide d'une logique aussi puissante que l'avocat-général repoussa, l'un après l'autre, l'édit sur les jurandes, celui
sur la police des grains, etc.; et qu'à propos du premier, il se
livra à une apologie du système réglementaire où l'on peut
lire, contre la libre concurrence, toutes les invectives qu'on
lui prodigue de nos jours.

Ainsi, M. Séguier s'écriait : « Le but qu'on a proposé à V. M.
est d'étendre et de multiplier le commerce en le délivrant des
gênes, des entraves, des prohibitions introduites, dit-on, par
le régime réglementaire. Nous osons, sire, avancer à V. M. la
proposition diamétralement contraire ; ce sont ces gênes, ces
entraves, ces prohibitions qui font la gloire, la sûreté, l'im-
mensité du commerce de la France. C'est peu d'avancer cette
proposition, nous devons la démontrer. »

L'avocat-général ne démontre pas, mais il ajoute : « Chaque
fabricant, chaque artiste, chaque ouvrier se regardera comme

[1] Voyez *Procès-verbal du lit de justice* du 12 mars 1776, tome II, pages 328
et 529.

un être isolé, dépendant de lui seul et libre de donner dans tous les écarts d'une imagination souvent déréglée; toute subordination sera détruite; il n'y aura plus ni poids ni mesure; la soif du gain animera tous les ateliers, et, comme l'honnêteté n'est pas toujours la voie la plus sûre pour arriver à la fortune, le public entier, les nationaux comme les étrangers, seront toujours la dupe des moyens secrets préparés avec art pour les aveugler et les séduire. » Il n'est pas de maux, selon lui, que ne doive produire l'abolition des jurandes : elle fera passer à l'étranger les ouvriers les plus habiles du royaume; elle ruinera le crédit et diminuera les salaires; elle portera un coup funeste à l'agriculture en dépeuplant les campagnes; elle fera renchérir les denrées dans les villes, y produira la disette, et ne permettra plus d'y maintenir l'ordre, etc., etc... Cependant, l'orateur ne disconvient pas que l'existence des communautés ne présente quelques abus; il déclare ne pas s'opposer à ce qu'on corrige ces imperfections, et prend même à cet égard l'initiative en ces termes : « Qu'est-il nécessaire, par exemple, que les bouquetières fassent un corps assujetti à des règlements? Qu'est-il besoin de statuts pour vendre des fleurs et en former un bouquet? La liberté ne doit-elle pas être l'essence de cette profession? Où serait le mal quand on supprimerait les fruitières? Ne doit-il pas être libre à toute personne de vendre les denrées de toute espèce qui ont toujours formé le premier aliment de l'humanité?..... Il en est enfin (des communautés) où l'on devrait admettre les femmes à la maîtrise, telles que les brodeuses, les marchandes de modes, les coiffeuses; ce serait préparer un asile à la vertu, que le besoin conduit souvent au désordre et au libertinage[1]. »

Voilà tout ce que le Parlement savait répondre à l'homme d'État qui, dans le beau préambule de l'édit sur les jurandes, motivait en ces termes l'abolition d'une des injustices les plus révoltantes consacrées par la loi :

« Dieu, en donnant à l'homme des besoins, en lui rendant

---

[1] *Procès-verbal du lit de justice* du 12 mars 1776, tome II, page 336.— Cette dernière phrase était une sorte de plagiat des belles paroles de Turgot, que nous

nécessaire la ressource du travail, a fait du droit de travailler la propriété de tout homme, et cette propriété est la première, la plus sacrée, et la plus imprescriptible de toutes.

« Nous regardons comme un des premiers devoirs de notre justice, et comme un des actes les plus dignes de notre bienfaisance, d'affranchir nos sujets de toutes les atteintes portées à ce droit inaliénable de l'humanité. Nous voulons, en conséquence, abroger ces institutions arbitraires qui ne permettent pas à l'indigent de vivre de son travail, qui repoussent un sexe à qui sa faiblesse a donné plus de besoins et moins de ressources, et qui semblent, en le condamnant à une misère inévitable, seconder la séduction et la débauche ; qui éteignent l'émulation et l'industrie, et rendent inutiles les talents de ceux que les circonstances excluent de l'entrée d'une communauté ; qui privent l'État et les arts de toutes les lumières que les étrangers y apporteraient ; qui retardent les progrès de ces arts, etc..... »

Nous nous trompons, le Parlement répondit encore autre chose à Turgot. Il l'accusa de violer la propriété : aux yeux des légistes, le travail était essentiellement *droit domanial!*

Les édits ne furent enregistrés que de l'*exprès commandement* du roi. Ainsi la magistrature, à peine tirée du néant par Louis XVI, s'insurgeait de nouveau contre l'autorité souveraine, et ne lui résistait que pour l'empêcher de faire le bien du peuple. Elle protestait de son amour pour celui-ci, et elle le témoignait en s'efforçant de perpétuer la corvée dans les campagnes, de perpétuer au sein des villes l'industrie à l'état de privilége, de perpétuer les droits qui y renchérissaient le prix des subsistances, et de perpétuer encore toutes les vexations auxquelles était en butte le commerce de leurs habitants !

Bientôt après, Turgot donna l'édit sur la *libre circulation des vins,* loi dont l'importance est consignée dans son préambule, qui prend place à côté de ceux dont il avait appuyé la suppression des jurandes, de la corvée, et des droits sur toutes les

allons citer tout à l'heure. L'académicien n'avait pas songé, malheureusement, qu'il n'y a qu'un pas du sublime au ridicule.

denrées nécessaires à la nourriture du peuple dans la capitale[1]. Il institua encore à Paris une commission permanente de médecins, dans le but de prévenir ou d'atténuer les ravages des maladies pestilentielles sur les hommes et les animaux, et de porter des secours immédiats aux provinces qui en seraient frappées. Elle devait recueillir et centraliser toutes les observations relatives à l'hygiène publique, et elle a été le germe de l'Académie royale de médecine. Il y favorisa également l'établissement d'une caisse d'escompte, qui offrait au gouvernement dix millions à 4 pour 100, et qui s'engageait, par ses statuts, à prendre le papier du commerce au même taux. Mais Turgot, fidèle à ses principes, ne voulut pas concéder de privilége exclusif à cette banque.

Ces divers actes furent les derniers d'un des plus grands, du plus grand peut-être des hommes qui aient été appelés, en France, au gouvernement de l'État. Le soulèvement contre l'administration de Turgot était devenu général, dans toutes les classes du moins qui exercent quelque influence sur les affaires publiques, dès que l'on avait su qu'il allait ajouter à toutes ses réformes celle de l'abolition de la corvée et des maîtrises. Au mécontentement du clergé, de la noblesse, de la magistrature, des hautes classes de la société, en un mot, vinrent se joindre les clameurs des gens tenant boutiques et magasins, dont la vanité se révoltait de voir investir leurs apprentis, leurs compagnons, tous les salariés sous leurs ordres, des mêmes droits qu'eux-mêmes, et dont la cupidité ne pouvait comprendre qu'il n'y eût que justice à détruire les monopoles dont jusqu'alors on les avait laissés tranquillement en possession. Tous prétendirent qu'on attentait à leur propriété, et publièrent de longs *factums* où ils montraient la ruine de l'industrie, l'anéantissement du commerce, comme les résultats nécessaires et immédiats du système de la libre concurrence. Avec une bonne foi plus ou moins réelle, Sartine lui-même s'alarmait à cet égard, et insinuait que Turgot sacrifiait nos

---

[1] C'est dans ces quatre édits qu'il faut s'instruire des déplorables effets du régime réglementaire; et cependant ils sont loin d'en retracer tous les abus!

manufactures à celles de l'Angleterre. D'un autre côté, l'orgueil des possesseurs de fiefs, uni à l'inintelligence de leurs véritables intérêts, regarda comme un affront que leurs terres fussent soumises à une taxe représentative d'un impôt manuel que les roturiers seuls acquittaient précédemment. Cela effaçait entre eux et les taillables une distinction qu'ils tenaient à maintenir, et, sous ce rapport, ce fut pour le clergé une injure qu'il ne ressentit pas moins vivement que la noblesse. C'est en vain que le ministre avait assujetti les domaines de la couronne au même impôt dont se plaignaient les privilégiés : l'égalité civile était une idée qui ne pouvait entrer dans leurs têtes, et en haine de laquelle ils préparaient, sans le savoir, une révolution qui ne devait pas même leur laisser la jouissance de cette dernière. De là donc un redoublement d'irritation qui se traduisit sous toutes les formes, caricatures [1], bons mots, épigrammes, réquisitoires et pamphlets.

Dans cette circonstance, comme au mois de mai précédent, Voltaire était venu prêter aux nobles projets de Turgot le secours de sa plume si mordante et si spirituelle. Le patriarche de Ferney avait flétri la corvée, dans une de ces brochures légères où, par malheur, il flétrissait beaucoup d'autres choses, qu'un génie tel que le sien aurait dû respecter. D'Esprémenil, jeune conseiller, orateur emporté, agitateur sans but, démagogue dans sa compagnie, et plus tard aristocrate dans les États-Généraux [2], dénonça cette brochure au Parlement (30 janvier 1776) représenta les économistes comme une secte qui voulait bouleverser l'État; et, sans nommer le contrôleur-général, le désigna pourtant d'une manière fort claire à la vindicte des magistrats. L'affaire n'eut pas de suite, mais le

---

[1] Une de ces caricatures, grossièrement spirituelle, était une injure contre une femme respectable, la duchesse d'Enville, belle-sœur du duc de La Rochefoucauld. Elle représente Turgot en cabriolet avec la duchesse. Dupont de Nemours, Devaines, et les abbés Baudeau et Roubeau, traînent la voiture en foulant des tas de blé. La voiture verse, et Mme d'Enville montre, d'une manière fort libre, ces mots écrits en grosses lettres : *Liberté, liberté, liberté tout entière !*

[2] M. Thiers, *Histoire de la révolution française*, tome I, page 15. — D'Esprémenil fut déclaré en démence par un décret de l'Assemblée constituante.

Parlement ne tarda pas à retrouver une autre occasion de
faire éclater son ressentiment.

Boncerf, commis des finances, et ami du ministre, avait
publié un ouvrage sur les *inconvénients des droits féodaux.*
« Rien », lit-on justement, dans l'*Histoire du règne de Louis XVI,*
par M. Droz, « de plus conforme à l'intérêt public, à la raison,
que les principes de cet écrit. L'auteur ne demandait pas qu'on
forçât les seigneurs à recevoir le remboursement des redevances féodales ; mais il leur démontrait que, s'ils consentaient à
ce remboursement, ils pouvaient y mettre un prix qui double-
rait et au delà leur revenu. Un de ses vœux était que le roi
donnât, dans les domaines de la couronne, l'exemple de ces
arrangements bienfaisants. » L'avocat-général, reprenant alors
le rôle de d'Esprémenil, n'en fulmina pas moins un violent réqui-
sitoire contre le livre, et il fallut l'intervention du roi pour empêcher que l'auteur ne fût décrété de prise de corps. La Cour
ordonna que l'ouvrage serait brûlé par la main du bourreau
(mars 1776), et prit un arrêté dans lequel elle suppliait Louis XVI
de *mettre un terme aux débordements économiques.* Cependant,
tous les écrits des économistes avaient un caractère sérieux,
et l'on ne pouvait citer d'eux une seule ligne qui appelât le mépris sur l'autorité royale, ou qui blessât les mœurs et la religion. Mais les passions et les préjugés aveuglaient tous les esprits, et l'un des grands seigneurs qui passaient pour avoir le
plus de lumières, le duc de Nivernais, interrogé par Turgot sur
le mérite du livre de Boncerf, lui répondit en présence du roi :
« *Monsieur, l'auteur est un fou, mais on voit bien que ce n'est
pas un fou fieffé.* » Enfin, s'il faut en croire un contemporain,
dont rien n'infirme le témoignage, un membre même de la
famille royale, celui qui touchait au trône de plus près[1], ne

---

[1] *Monsieur,* frère du roi, depuis Louis XVIII. — Le royal pamphlétaire est,
dans tout le cours de son œuvre, aussi violent que spirituel. On en jugera par ce
portrait de Turgot et de Maurepas :

« Il y avait encore en France un homme gauche, épais, lourd, né avec plus de
rudesse que de caractère, plus d'entêtement que de fermeté, d'impétuosité que de
tact ; charlatan d'administration ainsi que de vertu, fait pour décrier l'une, pour
dégoûter de l'autre ; du reste, sauvage par amour-propre, timide par orgueil,

dédaigna pas de se mêler, *incognito*, dans la tourbe des pamphlétaires qui assaillaient le ministre de leurs injures et de leurs calomnies.

Il est constant, néanmoins, que tout ce bruit, que Turgot méprisait, n'avait pas la puissance d'amener sa chute, à une époque où l'autorité royale était encore assez forte pour braver l'opinion publique, surtout quand ses griefs se trouvaient mal fondés. Louis XVI, à l'intelligence et à l'énergie près, était peut-être l'homme de son siècle dont le caractère eût le plus de rapport avec celui de Turgot. La vertu du contrôleur-général sympathisait avec la sienne, et il ne l'aurait certainement pas sacrifié aux clameurs des courtisans, si Maurepas, par les manœuvres les plus coupables, n'eût trompé sa religion. D'ailleurs, Turgot était l'ami de Malesherbes, et le roi portait une affection toute particulière à ce dernier.

Le premier ministre, qui depuis longtemps s'étudiait sans affectation, mais avec une adresse perfide, à perdre son collègue dans l'esprit du roi, ourdit d'abord, au commencement de 1776, une intrigue dont le succès répondit mal à ses espérances. Il avait découvert que Pezai, le prôneur et le commensal de Necker, entretenait une correspondance secrète avec le roi. Maurepas caressa l'aventurier, et le décida sans peine à servir d'instrument à ses desseins contre Turgot. Deux copies de l'état, dressé par ce dernier, des recettes et des dépenses de l'année 1776, furent remises à Pezay, qui communiqua l'une à Necker et l'autre à un ancien employé du contrôle-général, que le ministre avait dû, pour

---

aussi étranger aux hommes, qu'il n'avait jamais connus, qu'à la chose publique, qu'il avait toujours mal aperçue. Il s'appelait *Turgot*. »

— « Frappé de ce spectacle, M. de Maurepas s'éveille en sursaut. Il n'est pas superstitieux, c'est même une espèce d'esprit-fort; il ne croit à rien, mais il croit à sa femme. L'impression que cette machine avait laissée dans son esprit le suit partout; il la prend pour une inspiration extraordinaire; il ne voit plus dans Mme de Maurepas que l'organe des décrets des dieux; et l'artificieux abbé de Véry, qui avait figuré dans ce songe, partage l'honneur du préjugé. »

Ce pamphlet, intitulé : *Le songe de M. de Maurepas, ou les machines du gouvernement français*, parut le 1er avril 1776. (Voyez Soulavie, *Mémoires historiques et politiques du règne de Louis XVI*, tome III, pages 107 et suivantes.)

cause d'infidélités graves, renvoyer de ses bureaux. Le bud-
get de 1776 présentait un déficit de 24 millions, parce que
Turgot y avait compris 10 millions pour continuer le remboursement de la dette exigible, et parce qu'un homme de son caractère ne s'abaissait pas jusqu'à l'art de faire dire aux chiffres
autre chose que la vérité. Les deux examinateurs s'étant ac-
cordés à merveille pour charger ce travail de critiques qui tendaient à faire croire que le déficit se perpétuerait indéfiniment,
Maurepas mit leurs observations sous les yeux du roi. Mais, soit
que le prince eût soupçonné l'intrigue, soit plutôt que l'impuissance personnelle de se former une conviction eût tenu son esprit en suspens, la ruse employée par l'ambitieux vieillard de-
meura sans effet. On eut alors recours à un autre expédient.

On envoyait de Paris à Vienne, rapporte Dupont de Nemours, des lettres que l'on y faisait mettre à la poste à l'a-
dresse de Turgot, et qui paraissaient lui être écrites par un
ami intime qui ne signait point. De la même officine sortaient
les réponses à ces lettres, tournées avec assez d'art pour qu'on
pût les croire l'œuvre de l'homme à qui on les attribuait.
L'absence de signature était expliquée d'une manière plausi-
ble, et ces réponses furent d'abord tout à fait inoffensives. Mais,
plus tard, on leur fit accuser de l'humeur, et l'on finit par y mêler des sarcasmes contre la reine, des plaisanteries contre le
premier-ministre, et des paroles blessantes pour le roi. Toute
cette correspondance était portée à Louis XVI : il la commu-
niquait à Maurepas, qui n'exprimait pas, on le pense bien,
des doutes trop fermes sur son authenticité. On interceptait
également d'autres lettres, vraies ou fausses, où les accusa-
tions les plus alarmantes étaient portées contre le contrôleur-
général [1].

---

[1] Le récit de Dupont de Nemours a pour base le témoignage de M. d'Angiviller, à qui Louis XVI, dans un moment d'épanchement, fit part de ses griefs contre
Turgot, fondés sur les faits qu'on vient de lire. Et, certes, ce n'est pas la moralité
de l'époque qui peut rendre ce récit invraisemblable. On sait, d'ailleurs, que la
violation du secret des lettres était un moyen de gouvernement que la vieille monarchie ne dissimulait pas. En droit, le directeur de la poste devait, à cet
égard, travailler avec le roi seul. Mais, en fait, cette turpitude ne pouvait échapper

Enfin, le premier-ministre arracha la démission de Malesherbes, par une scène d'humeur habilement ménagée. Cet
autre homme de bien, abreuvé de dégoûts au sujet des réformes qu'il proposait dans son département, n'avait conservé
son portefeuille que sur les instantes prières de Turgot. Il disait avec douleur à quelques amis : « Les peines que prend
Turgot, les épargnes qu'il effectue, ne tourneront pas au profit
du peuple : il n'y a pas de remède possible au gaspillage. »
La retraite de Malesherbes laissa alors le champ d'autant plus
libre aux manéges de Maurepas, qu'on prétend que le contrôleur-général, pour lui causer moins d'ombrage, évitait de
travailler seul avec le roi. De ce moment, Louis XVI témoigna
la plus grande froideur à Turgot; et ce dernier, au lieu des
explications loyales qu'il paraît avoir provoquées de la part du
prince, n'en reçut qu'un avis indirect de se démettre de ses
fonctions. Mais, blessé de cette injustice, il répondit qu'il at-
tendrait l'ordre de son renvoi, et ne se retira, en effet, que
devant cet ordre, qui lui fut apporté, le 12 mai, par l'ancien
ministre Bertin[1].

à l'intervention du ministre principal, car le directeur de la poste ne serait pas
resté longtemps en place, s'il eût voulu s'en tenir à la lettre de l'institution.

[1] Les lettres suivantes servent de commentaire aux événements qu'on vient de
résumer :

Lettre de M. de Maurepas à Turgot.

Ce 12 mai 1776.

Si j'avais été libre, Monsieur, de suivre mon premier mouvement, j'aurais été
chez vous. Des ordres supérieurs m'en ont empêché. Je vous supplie d'être persuadé de toute la part que je prends à votre situation. Mme de Maurepas me charge
de vous assurer qu'elle partage mes sentiments. On ne peut rien ajouter à ceux
avec lesquels j'ai l'honneur d'être, etc.

Réponse de Turgot.

A Paris, le 13 mai 1776.

Je reçois, Monsieur, la lettre que vous m'avez fait l'honneur de m'écrire. Je ne
doute pas de la part que vous avez prise à l'événement du jour, et j'en ai la reconnaissance que je dois.

Les obstacles que je rencontrais, dans les choses les plus pressantes et les plus
indispensables, m'avaient depuis quelque temps convaincu de l'impossibilité où
j'étais de servir utilement le roi, et j'étais résolu à lui demander ma liberté. Mais
mon attachement pour sa personne eût rendu cette démarche pénible. J'aurais

La consternation avait frappé tout le Limousin, quand cette province sut qu'elle allait perdre son intendant. Versailles et les salons de Paris poussèrent des cris de joie, dès qu'ils ap-

craint de me reprocher un jour de l'avoir quitté. Le roi m'a ôté cette peine, et la seule que j'aie éprouvée a été qu'il n'ait pas eu la bonté de me dire lui-même ses intentions.

Quant à ma situation dont vous voulez bien vous occuper, elle ne peut m'affecter que par la perte des espérances que j'avais eues de seconder le roi dans ses vues pour le bonheur de ses peuples. Je souhaite qu'un autre les réalise. Mais, quand on n'a ni honte ni remords, quand on n'a connu d'autre intérêt que celui de l'État, quand on n'a ni déguisé, ni tu aucune vérité à son maître, on ne peut être malheureux.

Je vous prie de vous charger de tous mes remerciements pour Mme la comtesse de Maurepas, et d'être persuadé qu'on ne peut rien ajouter aux sentiments avec lesquels j'ai l'honneur d'être, Monsieur, etc.

Lettre de Turgot au roi.

A Paris, le 18 mai 1776.

Sire, je profite de la liberté que Votre Majesté a bien voulu me donner d'avoir l'honneur de lui écrire.

M. Bertin, en s'acquittant des ordres qu'il avait, m'a dit qu'indépendamment des appointements attachés au titre de ministre, Votre Majesté était disposée à m'accorder un traitement plus avantageux, et qu'elle me permettait de lui exposer mes besoins.

Vous savez, Sire, ce que je pense sur tout objet pécuniaire. Vos bontés m'ont toujours été plus chères que vos bienfaits. Je recevrai les appointements de ministre, parce que sans cela je me trouverais avoir environ un tiers de revenu de moins que si j'étais resté intendant de Limoges. Je n'ai pas besoin d'être plus riche, et je ne dois pas donner l'exemple d'être à charge à l'État.

Je supplierai Votre Majesté de réserver les grâces qu'elle me destinait pour dédommager quelques personnes qui, après avoir fait le sacrifice de leur état pour m'aider dans mon travail, perdront par ma retraite celui que je leur avais procuré, et se trouveraient sans ressource, si elles n'éprouvaient les bontés de Votre Majesté. J'espère qu'elle approuvera que j'en laisse des notes à M. de Clugny, qui les lui mettra sous les yeux.

Quant à moi, Sire, je dois regretter votre confiance et l'espérance qu'elle me donnait d'être utile à l'État. La démarche que j'ai faite, et qui paraît vous avoir déplu, vous a prouvé qu'aucun autre motif ne pouvait m'attacher à ma place, car je ne pouvais ignorer le risque que je courais, et je ne m'y serais pas exposé, si j'avais préféré ma fortune à mon devoir*. Vous avez vu aussi dans mes lettres com-

---

* Quelle était la démarche dont parle Turgot? — C'est ce que n'explique aucun historien, à moins toutefois qu'il ne s'agisse ici, ce qui paraît assez vraisemblable du reste, de l'anecdote suivante :

« Turgot avait obtenu de Louis XVI la promesse qu'aucune ordonnance de comptant ne serait délivrée pendant un certain temps. Peu de jours après, un bon de 500,000 livres, au nom d'une personne de la cour, est présenté au Trésor. Turgot va prendre

prirent la chute du ministre de l'intérêt général. Paix allait être enfin rendue au régime du privilége et du monopole. On s'en applaudit avec indécence à la cour; et l'on s'en félicita hautement dans les promenades et dans les lieux publics. Un petit

bien il m'était impossible de servir utilement dans cette place, et par conséquent d'y rester, si vous m'y laissiez seul et sans secours. Votre Majesté savait que je ne pouvais y être retenu que par mon attachement pour sa personne. J'espérais qu'elle daignerait me faire connaître elle-même ses intentions.

Je ne lui dissimulerai pas que la forme dans laquelle elle me les a fait notifier m'a fait ressentir dans le moment une peine très-vive. Votre Majesté ne se méprendra pas sur le principe de cette impression, si elle a senti la vérité et l'étendue de l'attachement que je lui ai voué.

Si je n'envisageais que l'intérêt de ma réputation, je devrais peut-être regarder mon renvoi comme plus avantageux qu'une démission volontaire; car bien des gens auraient pu regarder cette démission comme un trait d'humeur déplacé. D'autres auraient dit qu'après avoir entamé des opérations imprudentes et embarrassé les affaires, je me retirais au moment où je ne voyais plus de ressource: d'autres, persuadés qu'un honnête homme ne doit jamais abandonner sa place quand il y peut faire quelque bien, ou empêcher quelque mal, et ne pouvant pas juger comme moi de l'impossibilité où j'étais d'être utile, m'auraient blâmé par un principe honnête, et moi-même j'aurais toujours craint d'avoir désespéré trop tôt, et d'avoir mérité le reproche que je faisais à M. de Malesherbes. Du moins étant renvoyé, j'ai la satisfaction de n'avoir pas un remords à sentir, pas un reproche à essuyer.

J'ai fait, Sire, ce que j'ai cru de mon devoir, en vous exposant avec une franchise sans réserve et sans exemple les difficultés de la position où j'étais, et ce que je pensais de la vôtre. Si je ne l'avais pas fait, je me serais cru coupable envers vous. Vous en avez sans doute jugé autrement, puisque vous m'avez retiré votre confiance; mais, quand je me serais trompé, vous ne pouvez pas, Sire, ne point rendre justice au sentiment qui m'a conduit.

Tout mon désir, Sire, est que vous puissiez toujours croire que j'avais mal vu, et que je vous montrais des dangers chimériques. Je souhaite que le temps ne me justifie pas, et que votre règne soit aussi heureux, aussi tranquille et pour vous, et pour vos peuples, qu'ils se le sont promis d'après vos principes de justice et de bienfaisance.

Il me reste, Sire, une grâce à vous demander, et j'ose dire que c'est moins une grâce qu'une justice.

Le bien le plus précieux qui me reste à conserver est votre estime. J'y aurai toujours des droits. On travaillera certainement à me la faire perdre. On essayera de noircir dans votre esprit et mon administration et moi-même, soit en inventant des faits faux, soit en déguisant et envenimant des faits vrais. On peut faire parvenir journellement à Votre Majesté une foule de récits adroitement circonstanciés, où l'on aura su donner à la calomnie l'air de la plus grande vraisemblance. Votre

les ordres du roi et lui rappelle la parole qu'il en avait reçue. « On m'a surpris, dit le « roi. — Sire, que dois-je faire? — Ne payez pas. » Le ministre obéit : sa démission suivit de trois jours le refus de payement. » (M. Bailly, *Histoire financière*, tome II, page 224.)

nombre d'hommes éclairés tremblèrent seuls pour l'avenir, et la plume de Voltaire, interprète de leurs sentiments, protesta contre la disgrâce du ministre par l'*Épître à un homme*.

« Le 12 mai 1776, jour du renvoi de Turgot », dit un historien, dont le cœur et l'intelligence ont dignement apprécié le caractère et les opérations de ce grand homme, « est une des époques les plus fatales pour la France. Ce ministre supérieur à son siècle voulait faire sans secousse, par la puissance d'un roi législateur, les changements qui pouvaient seuls nous garantir des révolutions. Ses contemporains, égoïstes et superficiels, ne le comprirent point; et nous avons expié, par de longues calamités, leur dédain pour les vertus et les lumières de cet homme d'État [1]. »

Après Turgot, vinrent Clugny, Taboureau, Necker, Joly de Fleury, d'Ormesson, Calonne, Brienne, puis le banquier Necker encore ; mais ce n'étaient pas de tels hommes qui pouvaient conjurer la tempête révolutionnaire, et les destins s'accomplirent.

Presque toutes les réformes opérées par Turgot disparurent sous ses successeurs. Mais ce qu'ils n'eurent pas la puissance d'anéantir, ce fut l'esprit qui les avait dictées et qui devait, malgré tous leurs efforts, fonder en France le prin-

Majesté les dédaignera peut-être d'abord ; mais, à force de les multiplier, on fera naître à la fin dans son esprit des doutes, et la calomnie aura rempli son objet, sans que j'aie pu parer ses coups que j'aurai ignorés.

Je ne la crains point, Sire, tant que je serai mis à portée de la confondre. Je ne puis plus avoir de défenseur auprès de Votre Majesté, qu'elle-même. J'attends de sa justice qu'elle ne me condamnera jamais dans son cœur sans m'avoir entendu, et qu'elle voudra bien me faire connaître toutes les imputations qui me seront faites auprès d'elle ; je lui promets de n'en laisser passer aucune sans lui en prouver la fausseté, ou sans lui avouer ce qu'elle pourra contenir de vrai ; car je n'ai pas l'orgueil de croire que je n'aie jamais fait de fautes. Ce dont je suis sûr, c'est qu'elles n'ont été ni graves, ni volontaires.

J'ose prier encore Votre Majesté de vouloir bien faire passer cette communication par M. d'Angiviller, dont elle connaît l'honnêteté et la discrétion, et sur l'amitié duquel je puis compter.

Il veut bien se charger de mes lettres, et me mande que Votre Majesté l'a trouvé bon.

Permettez-moi, Sire, de vous en témoigner ma reconnaissance.

Je suis avec le plus profond respect, etc.

[1] M. Droz, *Histoire du règne de Louis XVI*, tome I, page 210.

cipe de l'égalité civile, acheté par nos pères au prix de sacrifices sanglants que le génie du ministre de Louis XVI avait
prévus, et voulait leur épargner.

Turgot quitta le ministère sans autre regret que celui de ne
pouvoir plus être utile à son pays et à l'humanité. C'était la
seule impression dont fût susceptible une âme d'une trempe
telle que la sienne. Ayant à peine franchi le seuil de l'hôtel du
contrôle-général, l'homme d'État resté philosophe plaisan-
tait ainsi sur sa disgrâce, dans une de ces lettres où rien n'o-
blige à dissimuler ses sentiments : « Je vais être à présent en
pleine liberté de faire usage des livres que vous m'envoyez et
de tout le reste de ma bibliothèque. Le loisir et l'entière liberté
formeront le principal *produit net* des deux ans que j'ai passés
dans le ministère. Je tâcherai de les employer agréablement
et utilement (22 juin 1776)[1]. »

Les sciences exactes et naturelles, la philosophie et la littérature furent[2], en effet, les seules occupations de Turgot pendant l'intervalle trop court qui a séparé sa mort du moment
où il cessa de prendre part aux affaires publiques. Il employait

---

[1] *Lettres inédites*, XXI, tome II, page 834.

[2] L'activité intellectuelle de Turgot, vraiment prodigieuse, s'était appliquée de
très-bonne heure à l'étude des sciences mathématiques et naturelles. En 1760, il
avertissait l'astronome Lacaille de l'apparition d'une comète près du genou orien-
tal d'Orion. Dès 1748, il adressait à Buffon des observations importantes sur sa
Théorie de la terre. (Voyez *Lettre à Buffon*, II, page 782.) L'article *Expansibilité*, de la grande Encyclopédie, témoigne de ses connaissances en physique. Il
avait étudié la chimie sous Rouelle, et la géologie avec Desmarets. Sa correspondance *inédite* est pleine de détails qui prouvent le vif intérêt que lui avaient inspiré toutes ces sciences.

En littérature, il était grand admirateur des anciens. Il a laissé une traduction du Ier livre des Géorgiques et de quelques Odes d'Horace, qui ne sont pas
des œuvres sans mérite. Il ne put, toutefois, se défendre d'une innovation mal-
heureuse, celle de substituer les vers métriques aux vers rimés, et de traduire
dans cette forme, repoussée par la nature de notre langue, le IVe livre de l'*Énéide*,
et les *Églogues* de Virgile. (Voyez les curieux détails que renferme, à cet égard,
la correspondance *inédite*.)

Tout le monde sait que Turgot est l'auteur de ce beau vers, destiné au portrait
de Franklin :

Eripuit cœlo fulmen sceptrumque tyrannis.

Il avait été nommé membre de l'Académie des inscriptions et belles-lettres le
1er mars 1776.

les loisirs de sa retraite à étendre le cercle des hautes connaissances qu'il possédait en géométrie, en astronomie, en
physique, en chimie, en géologie, dans la société des Bossut,
des d'Alembert, des Condorcet, des Lavoisier, des Rouelle,
des Rochon, lorsqu'une cruelle attaque de goutte, après l'avoir
arraché pendant longtemps à ces nobles travaux, vint l'enlever à la France le 20 mars 1781 [1].

« Quelques hommes », dit Condorcet, «ont exercé de grandes
vertus avec plus d'éclat, ont eu des qualités plus brillantes, ont
montré dans quelques genres un plus grand génie; mais peut-
être jamais aucun homme n'a-t-il offert à l'admiration un tout

---

[1] Toujours occupé de pensées nobles et utiles, ce fut Turgot qui provoqua,
quelque temps après sa sortie du ministère, l'acte honorable par lequel le gouvernement français déclara qu'en cas de guerre le vaisseau du capitaine Cook serait
respecté par notre marine. Sartine avait soumis cette proposition au roi, sur le vu
de la Note suivante, dont il ne connaissait pas l'auteur, qui était son ancien
collègue.

Note sur le voyage du capitaine Cook.

Le capitaine Cook, un des plus habiles officiers de la marine royale d'Angleterre,
après avoir fait deux fois le tour du globe, après avoir, dans le cours de ces deux
voyages, donné le premier à l'Europe une connaissance exacte de l'hémisphère
austral, perfectionné la navigation, enrichi la géographie et l'histoire naturelle
d'une foule de découvertes utiles, a entrepris d'en faire un troisième, dont l'objet
est de reconnaître et de décrire les côtes, les îles et les mers situées au nord du Ja-
pon et de la Californie.

Il est parti de Plymouth au mois de juillet 1776, sur le vaisseau la *Résolution*,
le même qu'il avait commandé dans son second voyage.

Ce vaisseau, du port de quatre à cinq cents tonneaux, et d'un peu plus de cent
hommes d'équipage, n'est point un bâtiment propre aux opérations militaires; il
avait été construit originairement pour le commerce du charbon de terre.

Le capitaine Cook est vraisemblablement en chemin pour revenir en Europe.

Son expédition n'ayant pour but que les progrès des connaissances humaines,
intéressant par conséquent toutes les nations, il est digne de la magnanimité du
roi de ne pas permettre que le succès en puisse être compromis par les hasards de
la guerre. — Dans le cas de rupture entre les deux couronnes, on propose à Sa
Majesté d'ordonner à tous les officiers de sa marine, ou armateurs particuliers, qui
pourraient rencontrer le capitaine Cook, de s'abstenir de toute hostilité envers lui
et son bâtiment, de lui laisser continuer librement sa navigation, et de le traiter à
tous les égards comme il est d'usage de traiter les officiers et les navires des nations neutres et amies, en lui faisant connaître cette marque de l'estime du roi pour
sa personne, et le prévenant que Sa Majesté attend de lui qu'il s'abstiendra de son
côté de tout acte hostile.

Il paraît convenable de donner connaissance de cet ordre aux ministres de sa
majesté britannique.

I.   8

plus parfait et plus imposant. Il semblait que sa sagesse et sa force d'âme, en secondant les dons de la nature, ne lui eussent laissé d'ignorance, de faiblesse et de défauts, que ce qu'il est impossible à un être borné de n'en pas conserver. C'est dans cette réunion si extraordinaire que l'on doit chercher la cause et du peu de justice qu'on lui a rendu, et de la haine qu'il a excitée. L'envie semble s'attacher encore plus à ce qui approche de la perfection qu'à ce qui, en étonnant par la grandeur, lui offre, par un mélange de défauts et de vices, une consolation dont elle a besoin. On peut se flatter d'éblouir les yeux, d'obtenir le titre d'homme de génie, en combattant ou en flattant avec adresse les préjugés populaires; on peut espérer de couvrir ses actions du masque d'une vertu exagérée; mais la pratique constante de la vertu simple et sans faste, mais une raison toujours étendue, toujours inébranlable dans la route de la vérité; voilà ce que l'hypocrisie, ce que le charlatanisme désespéreront toujours d'imiter, et ce qu'ils doivent tâcher d'étouffer et de détruire. »

Il serait difficile de mieux louer Turgot, si Condorcet lui-même, par l'application qu'il a faite à ce grand homme de ces trois vers de Lucain, ne lui eût consacré le plus court et le plus beau des éloges :

> Secta fuit servare modum, finemque tenere,
> Naturamque sequi, patriæque impendere vitam;
> Nou sibi, sed toti genitum se credere mundo [1].
>
> *Phars.*, lib. II.

[1] Épigraphe de la *Vie de Turgot*, par Condorcet.

www.ingramcontent.com/pod-product-compliance
Lightning Source LLC
Chambersburg PA
CBHW060835250626
47162CB00005B/2068